長くなるのでまたにする。

宮沢章夫

幻冬舎文庫

はじめに

なにを言っているのかよくわからない人がいる。

もちろん日本語の話だ。訛《なまり》の強い地方の言葉ではないし、まして、病気を患っているという話でもない。たとえば「声の小さな人」の言葉はよくわからない。耳を近づけ慎重に聞く。それでもうまく聞き取れない。声の大きさばかりではない。滑舌《かつぜつ》の悪い人もそうだし、早口でうまく言葉が聞き取れない人もいる。いずれにしても、発音が不明瞭な人はしばしばいるが、もちろんそうした人たちを非難しているのではない。

ここに他者を理解しようとするときのむつかしさがある。といっても、なにを言っているかわからないという単純な話ではないのだ。

青木ヶ原さんはごく普通の人だ。

だが、ときとして――それは疲れているときに多いようだが、うまく舌が回らずなにを言っているのかよくわからないことがある。あとで知ったが、それを文字にするとごく簡単な言葉だった。

「うまく入らない」

このどうでもいい言葉がまったく理解できず、それは私の耳には、「ふがじげびだへひ」にしか聞こえなかった。訛《なま》っているわけではない。青木ヶ原さんは東京の生まれだ。酒に酔って呂律《ろれつ》の回らない人ならほうっておけばいいが、そうではないので、返事をしないわけにもいかない。繰り返すが、「ふがじげびだへひ」だ。まったくわからない。では、ここでの困難とはいったいなにか。

まず第一に、聞き返していいのかどうかである。

どうやら私に向かって話しているらしい。なにかを訴えているのだろうか。聞き返していいのか悩む。なぜ聞き返すのかと青木ヶ原さんは思うだろう。だからといって、いいかげんな返事をするのはいっそうだめだ。青木ヶ原さんが、「ふがじげびだへひ」と言う。私がそれに応じる。

「そうですよねえ」

なにがそうなのか私もわからなければ、青木ヶ原さんもわからない。青木ヶ原さんは、「うまく入らない」と本来は言っていたのである。なにが入らないのかもわからず、「そうですよねえ」はないじゃないか。いいかげんな返事はだめだ。率直に聞き返すべきだ。

「なんですか?」と私は言った。

「ふはじけひだへひ」

事態は深刻になっていた。さっきと少し言葉がちがうじゃないか。そしてさらに困難があるとするなら、こうした場合、何回まで聞き返していいかわからないからだ。わかるまで何度もというわけにもいかないだろう。なにしろ、「ふがじげびだへひ」か、「ふはじけひだへひ」かさえわからないし、永遠に質問を繰り返していたら、青木ヶ原さんもしまいには怒り出すに決まっている。だが、二回ぐらいはいいだろう。

「なんですか?」と私は繰り返した。

「ふはしけひたへひ」

いよいよなにを言っているのかわからない。あらためて、言葉を変えて聞き返す。

「なんでしょうか?」

「ふはふたふらふひ」

いったい、相手の言った言葉がわからないとき、何回まで聞き返していいのだろう。そもそも聞き返していいのかもわからないし、そうしたマナーがあるという話も聞いたことがない。

どのことでもない。

「聞き取れなかった言葉を聞き返すのは五回まで」

それはそれで、その「五回」の意味がわからず困惑するが、せめて三回ぐらいは聞き返してもいいと思うのだ。それに比べたら「なにを言っているかわからない」ことなど、なにほどのことでもない。

この本に収めた文章は、いわば青木ヶ原さんの言葉のようなものだ。おそらく、なにを言っているのかわからないと、たいていの読者がそう感想を持つだろう。だとしたら、何度でも繰り返し、「なんですか?」と聞き返してもらいたいと私は希望する。マナーもルールもない。そして私は、ゆっくり、できるだけ明瞭な口ぶりで説明するだろう。話は長い。もしかしたら、一晩かかっても話は終わらないかもしれない。やがて外が明るくなる。

それで私は言うだろう。

「長くなるのでまたにする」

目次

ルート32

これはすべて本当の話です。

ルート 1

1 社会 ― 「フェイスブック」

映画『ソーシャル・ネットワーク』のヒットもあってか、その世界的な最大手――なにしろその映画のモデルでもあった――〈フェイスブック〉はすっかり日常化した。かつて日本では、「ツイッター」が話題になったが、少し人気に陰りが見える。

だが私は知っている。フェイスブックの恐ろしさだ。

友人が青ざめた表情で語ってくれた。フェイスブックに参加したら、まずはホームパーティの写真を友だちに紹介しなくてはならないという。とんでもない話だ。アメリカ人はたいていそうしていると知人は語る。しかしホームパーティといっても日本式ではだめだろう。座敷に机を縦に並べ、座蒲団《ざぶとん》を敷くような、あんな「宴会」のことではないのだ。だって宴会で人は浴衣《ゆかた》を着てしまうではないか。なかには鉢巻をする者もいるだろう。お銚子《ちょうし》を指にはめて踊ったりもする。裸になるやつもいる。そんな姿を世界に向けて発信していいものだろうか。

大事なのはホームパーティだ。

とはいっても、けっして鍋ではない。鍋には日本酒と瓶ビールだが、それではいよいよ宴会である。必要なのはパーティだ。フェイスブックでパーティと言ったら、断固、庭でバーベキューに決まっている。庭でバーベキューをやってこそのフェイスブックにちがいないのだ。

こんなに難度の高い〈ソーシャル・ネットワーク〉があるだろうか。

それはべつに、社会的地位を誇示するとか、生活レベルをこれみよがしに写真で公開するといったことではない。アメリカ人だ。アメリカ人はごくあたりまえにホームパーティを開くし、たいていバーベキューだ。私はここで挫折した。なにしろバーベキューをするようなライフスタイルとは無縁だし、だいたいどこでバーベキューをやればいいのかわからないではないか。

庭がない。

庭がなければ、たとえば河原とかに行けばいいが、まだ春先で夕方になると冷える。風邪をひいたらホームパーティも台無しではないか。それからいったい、なにを用意すればいいかわからない。なにか焼くんだろ、あれは。なにかを焼くんだよな、肉とか、野菜とか、材料があって、で、それを焼くには、たしか四角い機械のような下から火の出る装置が必要なんだろ。つまり、バーベキューについて、ひとつひとつの手続きがことのほか面倒だということに人は挫折する。

準備は〈もの〉だけではない。パーティだけに人を呼ぶ必要もある。友だちに電話するのだ。

「BBQのことなんだけどな」

まずここで大事なのは口ぶりだ。どこか外国映画のような調子でなくてはいけないし、バーベキューのことは「BBQ」と呼ばなくてはだめだ。たしかに面倒だが、ホームパーティなんだからしょうがないじゃないか。声の出し方だって外国映画ふうじゃないとまずいが、べつに英語でしゃべるわけではなく、吹き替えのように、つまり声優ふうの会話になる。つまり「いい声」だ。その声でどうでもいいことも伝えなくてはならない。

いい声で次のように言う。

「ジェーン、野菜はどうするつもりなんだい？」

ホームパーティの相手はジェーンだと相場は決まっている。いや、もちろん私たちは日本人だがしょうがない。そんなどうでもいい細かいことを決めることにも、ホームパーテイらしいきめ細かな演出は必要だ。しかも、「いい声」である。それだけでもうくたくただ。

「BBQは肉だけじゃなくてな、やっぱりもやしも少しは買っておかなくちゃ。だろ、ボビー、男ってやつは、やっぱり」

　どこまでもいい声だ。声優ふうだ。しかし誰にしゃべってるのかよくわからない。どこのボビーだ。わからなくてもいい。わかってたまるかと言いたい。なぜなら、それがホームパーティであり、それこそがフェイスブックの醍醐味《だいごみ》だからだ。こうした面倒な手続きを済ませ、すべての準備がつつがなく進んだとしよう。しかし私には、バーベキューを囲んだとき、どんな会話をしたらいいかまったく見当もつかない。

「肉だな」

「もう焼けてるぜ」

「外なんだよな」

「焼くからな、煙が出るからな」

「それで食べるって寸法なんだろ。肉を焼いてな、外で食べる。なぜかって言えば、煙が出るからさ、外じゃないとバーベキューはたいへんなことになるからな」

　そんな会話などしたくはないのだ。

フェイスブックも日本で定着した。ほんとうだろうか。匿名性を好むこの国の人間にはそれは敷居が高い。だからといって、仮面をつけてバーベキューをすればいいのだろうか。身を隠してバーベキューすればいいのだろうか。そんなことまでして、俺はアウトドアってやつで肉を食いたくはないのだ。

2 紀行――「職安通りへ」

新宿と大久保のあいだと書くのが適切かわからない。ともあれ「職安通り」は歌舞伎町の裏手にある。かつては文字通り、「職安」、つまりいまで言う「ハローワーク」しか目立つものはなく、ほかにはごくあたりまえにオフィスビルが並ぶ殺風景な土地だった。最近では韓国料理店や、韓国の食材を扱うスーパーが軒を連ね、ちょっとしたコリアンタウンだ。職安通りと明治通りが交わる交差点に、東新宿という地下鉄の駅があり、地上に出ると、すぐ左前方に建物が見える。

軍艦マンション。

なんのことだ。正式な建物の名称を私は知らないが、人はそれを「軍艦マンション」と呼ぶ。なぜなら、その風貌がいかにも軍艦と呼ぶにふさわしいからだ。ことによったら、「第一東新宿ビル」とかなんとか、ごく普通の名前があるかもしれないが、そんなふうに呼ぶ者などいない。「軍艦マンション」だ。繰り返すが軍艦の姿をしている。それ以外に呼びようがないではないか。軍艦の形をしているのに、人はそれを次のように呼ぶだろうか。

「進軍ラッパマンション」

まあ、そっちのほうを見たい気もするが、残念ながら、その建物は「軍艦」の形をしている。だいたい、「進軍ラッパマンション」はどんな形だ。

建てられてからかなり時間が経過し、耐震強度も現在の基準よりずっと低かったと話に聞いた。老朽化も進んでいたことから取り壊しも検討されたが、この特殊な建築を残そうという人たちの努力によってさまざまなリノベーションが進み、「軍艦マンション」は蘇《よみがえ》った。そのニュースを聞き人が集まり、さらに再生を記念して、すでに使えるスペースの一部を美術家らに開放する特別な催しが開かれるというので足を運んだ。

私は見た。軍艦だ。

たしかに進軍ラッパではない。見事な軍艦である。屋上がすごかった。よくある貯水タンクの近辺が軍艦ふうにデザインされており、なにごとかという見栄えだ。人はそれを、「狂気の建築」と呼ぶ。設計した建築家が特別な人物だと想像できるが、たしかにそうだろう、なにしろ軍艦だ。なぜそんな形にしたのか、もうこうなるとよくわからない。しかし、よくぞ取り壊さずに残したとそのことに感心した。古い建築が、その建築的な価値とは関係なく取り壊されるのはよく見る風景だ。なぜかここに狂気は残された。素晴らしい。街に必要なのは狂気だ。そこに都市の魅力がある。

だからなおさら、「進軍ラッパマンション」も見たいのだ。

3 グルメ ―「豪徳寺で美味しくいただく」

小田急線の豪徳寺駅は新宿から普通電車で三十分もかからずに行くことができる。急行に乗って途中、下北沢で乗り換えてもいい。世田谷区のなかにある静かな街だ。駅から徒歩で五分ほど梅ヶ丘の側へ――というのはつまり東に向かって商店街をぶらぶら歩くことになるが、そこに、「町のラーメン屋」という風情の店Xがある。この店がちょっといい。厨房《ちゅうぼう》では兄弟が調理をしているのが見える。注文を取りに来るのは、兄弟の母親なのだろう、おかみさんだ。おかみさんは透明のコップに水を注いでテーブルの上に置く。注文をした。あれとあれと、あれだ。おかみさんが伝票にメモして厨房にそれを伝える。ようやく私はコップの水を飲む。

この水がめっぽううまい。

こんなに美味《おい》しい水を、こうした店で私はいままで飲んだことがなかった。なにか秘密があるのだろうか。どこか地方から取り寄せた特別な水なのだろうか。店の地下から湧《わ》いている水なのかもしれない。私は一気に飲み干した。そしてお代わりをする。すると空になったコップを手にしたおかみさんは、どかっと氷を入れ、そして迷うことなく、水道の蛇口から水を注いだ。見事だ。見事なおかみさんの水の入れっぷりだ。水道からじゃーじゃー水は出るさ。じゃーじゃー出た水はコップに溢《あふ》れる。それは見るからに新鮮だ。

だから水道の水はたいへん美味しい。

ほどなくして、私が注文した、あれとあれと、あれがやってきて、テーブルの上に並んだ。店はごく小さい。なにかで紹介されるような有名店ではなく、顔を出すのは近くに住む者らが大半だ。まさに街のラーメン屋といった素朴な風情だが、この佇《たたず》まいが好ましい。かつてこの街に住んでいたころからよく食事に来ていたが、引越しをし、豪徳寺を離れてからもたびたび足を運ぶ。

店がいい。おかみさんがいい。兄弟の働きぶりがいい。そして、水がうまい。

またコップの水を飲み干した。

水道水だ。どこから見ても水道水だ。またお代わりをする。おかみさんは相変わらず、どばどばと蛇口からコップに水を注ぐ。そして私は、注文したあれとあれと、あれを食べる。

そして水だ。水がうまい。水道水だ。どばどばと注がれるのだ。こんなに美味しい水道水を私はほかに知らない。

ルート　2

1　今月の小粋な道具 ―「鉛筆削り」

少し大人の読者をターゲットにした男性誌でよくあるのは「万年筆」の特集である。たしかに私もモンブランの万年筆に憧れて買ったことがある。形が美しい。手書きの文字がいまでは逆に新鮮である。そしてインクの色が美しい。だが、鉛筆のよさはもっと評価されてもいいのではないだろうか。なぜなら、そのタッチが味わい深いからだ。さらにそれに付随して、いや、むしろそちらをこそ記すべきなのは、「鉛筆削り」だ。こんなにすごいものがあるだろうか。なにしろ削るのである。「削る」ということですぐに人が思い出すのは、「かんな」だろう。私の父は建築業を営んでいたので、家にはさまざまな種類の大工道具があったが、「かんな」のすごさにはいつも感心した。

なぜなら削るからである。

削るのはすごい。あの細い鉛筆を見事な形に削る道具とはいったいなんだ。ナイフで鉛筆を削ってもどうもきれいにはいかない。ところが、鉛筆削りはそれを見事にやってのける。なかでも、昔ながらのハンドルがついたタイプがすごい。くるくる回すのだ。鉛筆のほうは固定し、ただハンドルを回す。それだけで誰がやっても見事な形と、書きやすい鉛筆の芯が出現する。あんなに素晴らしいものはない。

なぜなら削るからである。

そして、鉛筆削りのさらにすごいところは、応用が利かないところだ。ほかのことには絶対に使えない。ただただ鉛筆を削る。意外に場所を取るし、重さもあるが、不器用にも鉛筆以外は削れない。台所でなにかに使おうと思ってもだめなのである。だから人はあの美しい鉛筆のためにハンドルを回すのだ。ただただ回す。無心になって回す。

なぜなら削るからだ。

こんなにすぐれた道具があるだろうか。不器用なやつである。高倉健みたいなやつである。

だからこそ、鉛筆削りは愛される。

なぜなら削るからである。

2　恋愛相談 ―「べつの女性を好きになってしまった」

べつにそんなことを募集したわけでも、わざわざお願いしたわけでもないが、連載の初回が終わったあと、ある読者の方から編集部宛に「恋愛相談」のお手紙をいただいた。私はこれまで一度だって、「人生相談」や「恋愛相談」のような原稿を書いたこともないし、どこかの雑誌や新聞から、そんな仕事の依頼をされたこともない。だいたい、なぜ私に恋愛を相談しなければならないのだ。なにからなにまで、わからない。やぶからぼうである。なぜ「恋愛相談」だ。もっとほかに相談することはなかったのかと言いたい。たとえば私は小説も書けば、演劇の演出もしている。だからこんな相談があってもいいのではないだろうか。

「映画に出るような女優になりたいのですが、どんな勉強をすればいいのですか」

それだったら、私もなにか応《こた》えられたかもしれない。たとえばこう言うだろう。

「ひどい男にだまされますからやめなさい」

あるいは、「面白い文章を書くためには面白く生きなければだめですか」とか、「発声練習はどうすればいいいですか」「容姿に自信がないのですが俳優と公務員とどちらになったらいいでしょう」といった内容でもいい。ところがそうではなかった。

なぜ「恋愛」なのか。

いまやメールの時代である。もう書いたように、私は演劇をやっている者だが、舞台の感想をメールで送ってくれる人もいるし、もっと簡単な方法なら、ツイッターを使って、私宛にリプライして感想を書いてくれる方もいる。そんな時代に、わざわざ手紙にしたため、封書で相談してくれたのだ。その熱意にほだされた。ここはひとつ相談に乗ってあげるべきではないだろうか。

震災以降、いまこの国はたいへんな状況にあるが、そんなことなどまったく関係なく、手紙を送っていただいた方はただただ、自身の恋愛がいちばんの問題だったのだ。そして、なにを間違えたか私のところにその相談を持ちかけてくれた。これもなにかの縁だろうか。もしかすると、誰に相談していいかわからなかったのかもしれない。こんな時期に人の恋愛につきあい、相談に乗る人など、ほかにいなかったのかもしれない。そう考えると、私はしっかり応じてあげなければと思った。きちんと応えてあげなければと思った。

それは次のような内容の手紙だ。

こんにちは。神戸に住む、今年二十五歳になる男です。

　私には、もうかれこれ数年間、おつきあいをしている女性がいます。知りあったのは大学の二年生のときでしたが、おつきあいが継続しているわけではなく、正確に書くなら、つきあっては別れ、つきあっては別れを繰り返しています。理由は簡単です。べつに彼女に非はまったくなく、ただ私がだらしないからです。別れる理由もそのときどきでちがい、私のだらしなさに彼女があいそをつかして別れようと切り出されたこともありましたし、私が彼女に何ヶ月も連絡せず、彼女から携帯電話に届くメールに返事をしないまま、別れた状態になったこともあります。

　ただ、いったん別れても、またしばらく経《た》つとつきあいを再開する。どちらからともなくお互いを求める。それで済めばいいのですが、しばらくしてまた別れ、そして、またそれまでと同じようにつきあうという関係を繰り返して、この数年間を過ごしてきました。

　しかしそれでも最近では、いままでになかったくらい穏やかな日々が続き、喧嘩《けんか》もせず、いい関係が続いていました。長い時間、一緒にいることもあって、これまで感じたことのなかった、情のようなもの、それは最初の恋愛感情とは異なる深い気持ちなのですが、それを感じるようになってきました。彼女といるととても落ち着いていました。結婚すら考えてもいいなと思っていたのです。

　ところが、つい最近、私の前にとても魅力的な女性が現れたのです。その人は、いまつきあっている彼女とはまったく正反対のタイプで、これまで会ったことがないような女性でした。「いままでに会ったことがないタイプ」が「俺のタイプ」に変わっていく過程こそが恋だとすれば、もう私は完全にその恋の道を走ってしまっています。あるいはなんでしょう、これは一時の気の迷いというやつなのでしょうか。

それで、私はほんとうに恥ずかしいくらい気の小さな人間ですので、こんなことで罪悪感を感じ、うじうじ悩んだりしています。いや、正確に書くのなら、いまつきあってる彼女だから、一緒にいると落ち着き、将来は結婚してもいいと考えるような相手だから、こんなふうに考えこんでしまうのでしょうか。たしかに私はいろいろな点で不完全な人間ですし、だらしない人間です。以前も、同じようなことがありました。またべつの女性とつきあっているとき、好きな人が出来たみたいな状況がありましたし、そのときは、なんのためらいもなくあとから好きになった女性とベッドを共にしました。ちなみに、いま気になっている女性とは、まだなにもしていません。

要領を得ない話かもしれませんが、もしも、宮沢先生が私のような状況にあったら、いったいどのような行動をとりますか？　やっぱりこれは、とりあえず、新しく好きになった女性とセックスをしてから悩めばいいだけの話なのでしょうか？　ナイーブ過ぎるだけの話なのでしょうか？　どうか教えてください！

そんなことは自分で考えろ。

この忙しいときに、なんでそんなことを俺が考えなければならないのだ。しかも神戸だというじゃないか。二十五歳だというから、関西でのあの震災のときはまだ幼かったかもしれないが、それにしたって、東北のことをどう思っているのだと言いたい。セックスしたいなら、さっさとしてしまえばいいじゃないか。知るか、そんなこと。勝手にやってしまえ。

3　ファッション通信 ―「どう呼べばいいのか」

小説を書いているとき、私はそれを、どう表記すればいいのか悩んだのである。つまり、あれである、主に下半身に身につけるものであって、アメリカから入ってきた、色は青っぽい、ざらっとした粗い綿の例のあれだ。

「ジーパン」

うっかり私は、それのことをこう書いた。すると、若い女性編集者が、自分はそんなふうに呼ばないと言う。女性編集者はそれを「ジーンズ」と言葉にしたが、ここに、もうひとつとんでもない呼び方をする者らがいることを私は知った。

「デニム」

たしかに聞いたことがある。そう口にしている者がいるのを私も目撃したことがある。だが、私は「デニム」がだめだ。なぜなら不愉快な気分になるからである。なにか鳥肌が立つほどの不気味さがそこにある。

だが、「デニム」とはなんだ。どういうつもりでそう呼ぶのだ。「デニムだと、ふざけやがって。ジーパンだろ、あれは、むかしからジーパンと呼ばれてたんじゃないのか」と私の知人の岩倉さんはそう言って、「デニム」という言葉に憤慨した。それでもここは女性編集者の意見を尊重し、百歩譲るつもりで「ジーンズ」が妥当なのだろう。ジーンズだったら私もすんなり口にすることができる。岩倉さんはどう思うか知らない。そして、若い女性編集者は、「ジーパン」という呼び方が古臭いという。ジーンズがもっともふさわしいと思い小説でそう表現したが、それでもなお、「デニム」と呼ぶ連中はいる。しかも、アパレルの世界ではむしろそれがあたりまえだという話だ。なぜだ。あんな怖《おそ》ろしい言葉があるだろうか。

「デニム」は「ムカデ」に似ている。

そんな怖ろしいものをなぜ人は穿《は》くのか。

いや、これはファッション通信であった。呼び方の話ではないのである。「ジーンズ」というか、まあ「デニム」と呼んでやってもいいが、最近は、どうも穿くのが流行《はや》っているらしい。人は「ジーンズ」や「デニム」をかぶらない。もっぱらテン年代の現在では、名前はともかく、穿くのが流行である。

ルート3

1　ルポルタージュ ―「新宿2011」

安易な気持ちで「新宿」と書いてしまったが、では新宿の中心はどこになるのだろう。ロールキャベツで有名な「アカシア」だろうか。熊本ラーメンを名乗り、白いスープに大きな肉がごろんと載った「桂花ラーメン」なのか。それとも、「路地の王様」と名乗るとんかつ屋、「王ろじ」なのか。いや、ぜったいにちがう。

なぜなら、それは単に美味しい店だからだ。

かつて、というのは新宿にもっともエネルギーが溢れていた一九六〇年代から七〇年代になるが、大島渚が描いた新宿は、いまでも新宿を代表する「紀伊國屋書店」を舞台にしていた。あるいは少し四谷方向に歩いて行くと新宿伊勢丹があり、伊勢丹の向こう側に、「アートシアター新宿文化」という映画館があった。ヨーロッパの芸術的な映画作品が上映され、日本アートシアターギルドとして制作された国内の映画監督たちの野心的な作品も上映されていた。

では現在の新宿はどうなのか。やっぱり、「王ろじ」なのだろうか。いや、けっしてそんなことはないはずだ。

そもそも、過去の新宿が持っていたような魅力がいまでもあの街に存在するかが疑わしい。「新宿」と書いても、いまではそれほど、なにか人を突き動かす力を感じない。新宿の中心はどこだろう。なにが人を魅了するだろう。ＪＲの新宿駅は巨大だ。京王線が乗り入れている。小田急線も乗り入れている。ほかには西武新宿線がある。地下鉄には、丸ノ内線、副都心線、大江戸線、新宿線があり、交通の要所だ。それだけなのだろうか。

それだけなんだよ。

ゴールデン街があると人は言うだろう。

私は酒が飲めないのだ。それで行ったことがないから、そんなものは知らない。あるいは、歌舞伎町はどうなのか。にぎわっている。毒々しい色の看板で街が覆われ、いかがわしさが奇妙なエネルギーを放つ。それは素晴らしい。好きだったら行けばいいじゃないか。止めないよ。自由だ。

だが、やっぱりそれだけなんだ。

かつて新宿で伝説的な演劇も生まれた。

花園神社では状況劇場の紅テントがあった。アートシアターでは蜷川幸雄《にながわゆきお》と清水邦夫の櫻社の舞台もあった。紀伊國屋ホールでは、つかこうへいの作品をはじめ多くの舞台が若い観客を集めた。だが、いまあるのはなんだ。安定した、とても良質な舞台作品たちだ。それはそれでいいさ。問題はまったくない。新しいものなど生まれなくたって、もうこの国は超高齢社会になっているのだから、新宿だって変わる。いいじゃないか。どこに問題があるというのだ。

学生に「新宿」をテーマに、記憶だけを頼りに地図を描いてもらった。

その多くが南口を描く。

東口のことなんかおかまいなしだ。新宿って言ったら「東口」だろ。「南口」なんて少し前までは、なんにもない場所だった。古い地図を調べると「南口」なんか存在しない。「甲州街道口」だ。それほどどうでもよかったのに、いまの学生にとっての新宿は「南口」だ。まして、「西口」しか知らない者もいる。「西口」を中心に地図を描いた者は言った。

「高いビルが建ってます」

そんなことはちょっと見ればわかるんだよ。

いったい、いま「新宿」はどうなっているのだろう。なにが人を集めるのだろう。ファストファッションの店なのか。そんなものどこにだってある。交通の便のよさだけか。

記憶だけの地図はさまざまなことを語る。ある学生の新宿の地図では、新宿伊勢丹より、圧倒的に、「TSUTAYA」が大きく描かれていた。でかいんだな、彼のなかで「TSUTAYA」は。伊勢丹なんかより、ずっとでかいんだろうな。シネコンの「バルト9」なんかよりでかい。むしろ、新宿駅よりも彼にとって「TSUTAYA」はでかいのだ。

2　健康——「からだがだるいとはなにか？」

よく人は「きょうは、なんだか、からだがだるい」と口にする。あれがわからない。「だるい」とはなんのことだ。「歯が痛い」というならわかる。ほかにも「頭痛」や「腰痛」も、「痛い」という感覚なのでわかりやすいが、「だるい」は漠然として私にはさっぱりわからない。それというのも、「きょうはからだがだるい」という思いをしたことがないからだ。動きはじめたら、すぐに活動することができる。仕事ができる。そりゃあ、原稿が書けないことはあるさ。書けなくて頭を抱えることはいくらでもあるが、「だるい」とはなんの関係もない。「だるいから書けない」と思ったことはなく、ただただ、書くことがないのだ。それはそれで苦しいものの、人が「だるい」で苦しむ気持ちがまったくわからない。

それに捕足するなら、少し前まで私は「寝起き」がものすごくよかった。目が覚めたと思ったら、次の瞬間には、もうベッドから出ていた。さらに起きるなりカツ丼を食べることができた。寝起きの悪い人が、朝ご飯を前にして、「まだ、目が覚めないから、食べられない」という言葉が信じられなかった。

寝起きがよかった。

目が覚めるともうベッドから出ていたと書いたが、もっと言うなら、目が覚めたときにはすでにベッドの外にいたと言ってもいいくらいだし、さらに言うなら、寝る前からベッドの外にいたと言ってもいい。

そんな私が、最近、寝起きが悪い。かつてのような元気がない。朝、起きた途端、カツ丼を食べたいと思わなくなった。なにか食べたいという気持ちも起こらないし、なんとかコーヒーを飲んで目を覚ます。

なぜなら、眠いからだ。

それで私はわかった。

「目が覚めた直後、人はまだ眠い」

それが普通なのだろうか。目が覚めたのだから、もう眠くないと思っていたのだ。まだ眠い。これは深刻な病だ。現代的な病だと言っていい。いつ獣に襲われるかわからなかった原始人は、きっと寝起きがよかったと思うのだ。

3　書評―『ハムレット』ウィリアム・シェイクスピア／福田恆存《つねあり》訳」

なにしろ亡霊の登場から戯曲が始まるのだから驚かされる。しかも亡霊が口にする言葉が出来事の本質を語ることになるが、そんな設定にいったい誰が納得するというのだ。しかしながら、出来事、むしろここでは「事件」と呼ぶのがふさわしいその真実を知っているのは、殺された先の王、つまりハムレットの父であり、亡霊の正体であるその人だ。父は誰が殺したか。

ここには名探偵はいない。

事件は名探偵が解決してこそ、鮮やかな物語として大団円を迎えそうなものだが、そんな人物はいないし、先を読み進めればわかるが、人をすっきりした気分にするようなものはどこにもない。それこそが悲劇である。シェイクスピアの四大悲劇の名に恥じない悲劇ぶりだが、それで人が納得すると思ったら大間違いだ。名探偵さえいてくれたら、もう少しちがった結末になったのではないかと、読者を苛立《いらだ》たせるのである。

さて、名探偵で思い出すのは、たとえば、灰色の脳細胞を駆使する、エルキュール・ポアロのような鋭い知性をあらかじめ感じさせる人物だし、一見ぼんくらのようでいて、しかし意外に切れ者なのは、髪をぼさぼさにしている金田一耕助だ。ほかにも富豪の探偵をはじめ、さまざまな種類の探偵や、名刑事がいるが、『ハムレット』においてもっとも最初に父親殺しの秘密を暴くのは、殺された本人である。しかも亡霊となって現れて語るのだ。

そんなでたらめな話があるだろうか。

しいてこの作品に探偵がいるとするならハムレットだ。父の、といってもすでに死んでいるが、その人の言葉を立証するために、精神的な病を患ったかのようにふるまい事件を探る。そして、オフィーリアの父、ポローニアスがカーテンの陰に隠れているのを父を殺したクローディアスと間違え、剣で殺してしまうが、その罪についてはそれほど問題ではないのだ。なにしろ、これは『ハムレット』だからだ。ハムレットがなにをしようとかまうものか。しかも、恋仲だったと言ってもかまわないだろうオフィーリアが自殺し、オフィーリアの兄、レアティーズの怒りを買おうとそんなことも知ったことではない。

なぜなら、これは『ハムレット』だからだ。

ハムレットはなにをしたってかまわない。結局、最後に、父の死の真相を暴くことで、現王クローディアスを死に至らしめ、現王の妻でもあるハムレットの実の母ガートルードも死に、ハムレットもまた死んでしまう。

主要な登場人物はみんな死ぬ。

だから、結局のところ、亡霊が出て来なければよかったのだ。なぜ出てしまったのだ。現王が、ハムレットの父を殺したのは悪い。悪いが、結局、こんなでたらめな悲劇が連鎖するのなら、そっとしておいたらよかったはずである。ハムレットの前に現れるのではなく、自分を殺した現王の前に現れては、夜ごと、驚かせていればよかったではないか。そのほうが復讐《ふくしゅう》としてはよほどたちが悪い。ネットでよく使われる最近の言葉で表現するなら「粘着」だ。いかな現王のクローディアスだって、そんな粘着な亡霊に出て来られたらたまったもんじゃなかったではないか。

ここに名探偵はいなかった。

そして、物語の舞台がデンマークなのもなかなか見事な設定である。おそらくエリザベス朝期、イギリスは世界の中心であり、デンマークはそのイギリスから見れば、ヨーロッパのなかの辺鄙《へんぴ》な土地だったのだろう。亡霊が出るのもそれで合点がゆく。亡霊が出て、人が次々と死ぬ。そう、これは、『八つ墓村』である。横溝正史の世界だ。

けれど、そこに金田一耕助はいなかった。

まして、ポアロもホームズもいなかった。解決はない。悲劇は、悲劇のまま終わる。だから言ったじゃないか、亡霊なんか出て来なければよかったと。あの、亡霊がなあ。

ルート4

1　音楽批評 ―「ＡＫＢ48」

まず、ローマ字である。そして数字である。どこかで聞いたことがあるような気がするが、詳しく知らない。「ＡＫＢ48」だ。すごいらしい。なにかがものすごいらしい。「ＡＫＢ48」は大勢いる。ことによったら、「48」という数字は人数のことではないだろうか。あるいは、平均体重かもしれない。ラッキーナンバーかもしれない。みんなかわいいのだろう。なにしろアイドルだ。そして私はいま、ふと気がついたが、「ＡＫＢ48」はグループの名前かもしれない。歌っているのではないか。踊っているのではないか。しかも、四十八人だ。そんなにいたらステージが狭くないのか。ＥＸＩＬＥだって、なにか大勢いるらしいが、そんなに多くはなかった記憶がある。ＥＸＩＬＥを象徴するのは、メンバーがよく日焼けしていることだが、それ以外のことはよく知らないので、断固、私は「ＡＫＢ48」を支持したい。なぜなら、EXILEより大勢いるようだからだ。大勢に勝るものはない。多勢に無勢だ。よく意味のわからないことを書いてしまった。そしてその楽曲である。聴いたことはある。かすかに聴いた。どこかで流れていた。きっといい曲だ。いい音楽に決まっている。なにしろ「AKB48」だ。ローマ字と数字である。大勢いる。すごいに決まってるじゃないか。

2　暮らし ―「粗大ゴミ」

家のなかを整理したいと思うが、なにより困るのは「粗大ゴミ」である。邪魔だからといって勝手に道端に捨てることはできない。それは大げさに言えば不法投棄である。「不法投棄」は怖ろしい。

なんだって勝手に捨てれば不法投棄だ。

たとえば、処分に困ったものを捨てようと思ったときどうしたらいいか想像してもらいたい。

「おばあちゃん」

不法投棄である。だから「姥捨山《うばすてやま》」の伝説を、ある特別な悲劇として受け止めそこに物語が紡がれるのを人は知っているが、あれは簡単に言葉にすれば「不法投棄」だ。法律違反だ。

そんな勝手な真似は近代社会ではけっして許されないのである。

まあ、「おばあちゃん」は特殊な例として、では一般的に語られることになる「粗大ゴミ」とはどんな種類の〈いらないもの〉になるのだろうか。ここで重要なのはまず大きさだと私は考える。さて、〈いらないもの〉は想像以上に数多くある。

「なぜか人から譲られたが、ただ重いだけでまったく必要のない、将棋のコマの生産で有名な山形県天童市の土産物《みやげもの》、将棋のコマを掲げる女神のブロンズ像」

重いんだよ。ほんとうに重いが、飾っておくのもいやになるし、なぜ将棋のコマを女神が掲げているのか見ていると疑問ばかりが湧いて、人を苛つかせるのだ。あれは粗大ゴミなのだろうか。でかくはないのだ。わりと小さい。ただ重い。しかし簡単に捨てるのを躊躇《ちゅうちょ》させる。粗大ゴミだろうか。

「なぜか人から譲り受けた演歌歌手チャダのCD」

あのチャダである。インド人なのに演歌を見事に歌いこなし、しかもうまいあの人だ。べつに聴きたいと思わないのに、強引に手渡されてもらってしまった。形は小さい。なにしろCDだ。だが、「粗大」な気分がするのだ。「粗大」な「ゴミ」の気分に人をさせる。あれは「粗大ゴミ」ではないのだろうか。

つまり人はゴミを捨てるに際して、「粗大」かそうでないか、さまざまな意味で悩むことになる。いったい大きさをどう考えればいいか。重さも意味を持つのか。いらないものを意味として「粗大」と考えるべきなのか。

「チャダは粗大だ」

まあ、「チャダは偉大だ」と仰《おっしゃ》る方もいるだろうから迂闊なことは書けないが、主観の問題として「粗大」と考える人だっているにちがいない。そこで、「東京都環境整備公社　粗大ごみ受付センター」における「渋谷区」のサイトで「粗大ゴミ」について調べることにした。というのも私は渋谷区の住民だからだが、そこで「粗大ゴミ」が次のように定義されているのを知った。

「粗大ごみとは、住民の日常生活に伴って不要となった耐久消費財を中心とする大型のごみをいいます。具体的には、一般家庭から排出される電気・ガス・石油器具、家具・寝具、趣味・スポーツ用品等の品目です」

天童市の土産「将棋のコマを掲げる女神」は、ここでは「趣味」に分類されるかもしれないが「大型」とは言えない。「チャダ」も趣味だが、ぜったいに「大型」ではない。でも、チャダその人は大型だろう。だが私の家にチャダはいない。とりあえず捨てることができないので、やはり、「粗大ゴミ」としての話題からは除外したいと思うのだ。

ところで、たとえ大きさが「粗大」に分類されても処理されないものがあることもそのサイトで教えられる。たとえば「家電リサイクル法」の対象になっている「エアコン」「テレビ（ブラウン管式）」「冷蔵庫及び冷凍庫」「洗濯機」、ほかにも「パソコンリサイクル対象となる品目」がある。さらに私が注目した項目があった。

「処理の困難なもの」

いったい、なにがあるのだろう。「おばあちゃん」だろうか。「将棋のコマを掲げる女神」か「チャダ」か。まあ、先にあげた家電品目、コンピュータ類があるが、ほかにもさまざまにあった。

「自動車（バッテリー、マフラー等の部品も含む）、オートバイ、自動車タイヤ、ピアノ、耐火用金庫、消火器、コンクリートブロック、ガスボンベ類、レンガ、石」

まあ、自動車はわからないではない。処理するのも大変だが、どうやって係の人に運ばせるつもりだ。そして、処理してもらおうと安易に考えるやつの気が知れないのはこれだろう。

「石」

いったい、それはどんな「石」なのだ。でかいのか。重いのか。じゃあ、どこから持ってきたのだ。どこに置いてあったのだ。渋谷区である。たしかに高級住宅街もあるだろうさ。大きな一軒家もあって庭も大きいかもしれないが、渋谷区と「石」が不釣合じゃないか。これがもし、マンションの住人だったら驚くしかないが、どうやって運んで、その石のなにを楽しんでいたのかまったくわからない。「わびさび」だろうか。石が持つ深遠さだろうか。パワーストーンとしての不思議な力だろうか。

だったら捨てるなよ。

さらに「処理の困難なもの」のなかにいくつかの細目があり、「物干し竿《ざお》、サーフボード、ウッドカーペット等1m80㎝を超えるものは、切断するなどそれ以下のサイズにしてお申し込みください」といった指示がある。つまり、長いものはだめだ。「物干し竿」を切断するのは簡単そうだが、「サーフボード」は苦労するのではないか。では「チャダ」の身長はいくつだろう。大丈夫なのだろうか。ほかにも、処理にかかる料金も細かく指定されている。意外に高いのは「ステレオセット（ミニコンポ以外）」だ。「千六百円」。ところが、ミニコンポはぐっと安くなる。「三百円」。あとでかいものはやはり高い。「箱物家具（高さと幅の合計が360㎝以上）」が二千五百円。

都市のゴミ問題は深刻である。

まして「粗大」はさまざまな問題を人になげかける。東京では「でかいもの」は迷惑なのだ。捨てるのも迷惑だし、処理するのに行政も苦労している。だが、いまだにわからないのは、天童市の土産「将棋のコマを掲げる女神」だ。形は小さい。だが重いんだ。そしてなにより問題なのはそれが家にあると人をいやな気持ちにさせることだ。なにしろ将棋のコマを掲げている。処理する人だっていやな気持ちになるだろう。

ところで、またべつのサイト「粗大ごみ回収&処分ガイド」には、「粗大ゴミ、不要品ニュース」という欄がある。なかなかに読ませる。そして「粗大ゴミ」の新鮮な情報を伝えてくれる。次のニュースがすごい。

「愛知県豊川市で粗大ゴミの中から記念硬貨16枚」

すごいニュースだ。さらに詳しく読むと――2007年の年末12月9日、愛知県豊川市の豊川宝飯衛生組合粗大ごみ受付センターに持ち込まれた粗大ゴミの中から、天皇在位60年記念硬貨など、額面総額12万5600円分の記念硬貨16枚が見つかり、豊川宝飯衛生組合は12月10日、拾得物として豊川署に届け出ました――とある。粗大ゴミのなかには、ほんとはもっとすごいものが埋もれているのではないか。「粗大ゴミ」への興味は尽きない。

3 政局―「菅首相、〝退陣〟について思う」（二〇一一年九月）

そもそも、総理大臣が辞任するとき多くの報道が、「退陣」という言葉を使うが、あれがどうも釈然としない。広辞苑を引くと「職や地位から離れ退くこと」とあるのでけっして間違ってはいない。しかし、だったらべつの言葉を使ってもいいじゃないか。広辞苑でまず書かれる意味は「陣を後方へ退けること。退却」とあって、そこになにか戦国武将の趣があり、マスコミの多くが近代政治を「武将の戦」になぞらえている感が否めない。

では現在の言語感覚で政治は語れないのだろうか。

「菅首相やめる」

それではだめなのか？

正直、震災からの復興も、原発事故の処理もまだ中途半端ななか、政治的な駆け引きをしてる場合かと思うが、まあなにかうまい言葉を発見できたら、首相も気持ちよくやめることができるのではないか。菅首相も「退陣」はどうも釈然としないにちがいない。なぜなら、戦国武将ではないからだ。

ルート 5

1 流行 ―「スマートフォン」

とうとう「スマートフォン」の時代がやってきてしまった。iPhone は革命的だった。ある日、どこにでもあるような街の中華料理店に入ったら、iPhone 率が百パーセントという怖ろしい事態を目撃した。もちろん百パーセントだから、私もその中に含まれるが、みんながみんな、指で液晶の画面をスクロールさせている。繰り返すようだが、「どこにでもあるような街の中華料理店」だ。それがなにを意味するかと言えば、つまり「大衆化」である。いまや iPhone は特別なアイテムではなく、誰もが気軽に使う、なんでもないデジタル機器だ。

その状況を他社が見逃すわけはないのだ。

べつに、iPhone を持ち上げるわけではないが、そのテクノロジーの革新性とデザインのよさからか、アンドロイド携帯など、他社のほとんどのスマートフォンの「見かけ」は、ほぼ iPhone である。そこで危惧《きぐ》されるのは、ある種のアップル原理主義者、iPhone 信者がまたぞろ、あんなの真似じゃないかといきりたつのではないかということだ。

いきりたったってしょうがないじゃないか。

たとえば、扇風機のことを考えてみろ。誰かがあれを発明した。当時としては画期的だっただろう。そこで各家電メーカーが同様のものを開発した。形はそっくりだ。だが扇風機で、あれ以外の形や機能が考えられるだろうか。

羽根がある。回っている。

ほかになにがあるというのだ。たしかにダイソンが羽根のない扇風機のようなものを開発したが、あれは扇風機ではない。送風機だ。羽根がなくて、なにが扇風機なものか。

スマートフォンも同じだ。あれ以外に考えられることはないのだ。だからあとは、なにを選ぶか、どこのメーカーのスマートフォンを選ぶか、慣れがある、電波の入りの、いい、悪いもある。そしてアプリの種類とよさがある。だからアップルもわけのわからないコピーで宣伝することもなかったのだ。

「もし iPhone じゃなかったら、そんなの iPhone じゃないんです」

あたりまえじゃないか。

ま、気持ちはわかるが、あたりまえのことを言ってしまった。知人がかつて「電気をつけると明るいね」と、あたりまえのことを言って驚かされたが、それに似ている。しかしすごいな、「もしiPhoneじゃなかったら、そんなのiPhoneじゃないんです」って。繰り返すが、あたりまえじゃないか。

2　随想 ―「長くなるのでまたにする」

ある出版社からエッセイ集が出ることになっていたときだ。書名がまったく思い浮かばなかった。そのころは、ほぼ毎日のようにブログを書いていたが、そこに、新しいエッセイ集の書名に苦労していることを書いたら、ある知人の編集者から、こういうのはどうでしょうとアドバイスのメールがあった。かなり魅力的な書名だ。

「長くなるのでまたにする」

たしかにこれはいい。

ただ、少し解説が必要になる。というのも、これはしばしば、ブログに私が書く言葉だったからだ。なにか論考する。そして書いている途中、ブログにしてはやけに長文を書いてしまったと反省するのだ。もちろんブログの長さにルールはない。どんなに長くてもいいはずだが、あまり長いのもどうかと思って書く。申し訳ない気持ちで、「長くなるのでまたにする」と書いて文章を結ぶ。それをよく知っている知人の編集者が書名として、それを提案してくれた。

そのとき出す予定だったエッセイ集の書名には使えなかったものの、たしかにいい言葉だったので、また本を出す機会があったらこれを使おうと思った。なにしろ、なにか論じようとしている途上、「長くなるのでまたにする」と、ぷつっと論が中断してしまうのだ。だが、いつまで経っても「また」というその日はやってこない。

では、いったいこれはなんの本だろう。なにか論じていなければならない。私は演劇の実作者なので、演劇について書いた本でもいい。私の演劇観、あるいは演劇論を書きながら、突然、終わる。

「長くなるのでまたにする」

そんないいかげんな本があるだろうか。けれど、演劇論だったらまだいい。演劇を論じている途中でそう書けば、単に読者から「いいかげんなやつだよ」と罵《のの》られるだけだ。では、小説ではどうだろう。なにかお話が進行している。小説らしく話が展開しているところで、突然、こう書いて終わる。

「長くなるのでまたにする」

それも、かなりいいかげんな印象が残るかもしれないが、小説には、なにを書いてもいいという自由がある。いきなり終わってもいいじゃないか。たとえば、ドストエフスキーの『カラマーゾフの兄弟』でもいいし、プルーストの『失われた時を求めて』でもいいが、そうした長篇小説が唐突に、「長くなるのでまたにする」で終わってしまったらどうだ。あってもいいじゃないか。小説の実験である。いいかげんな気持ちではない。あえてそうする。実験である。「長くなるのでまたにする」で終わることで、すべての世界が消滅してしまうような、あれが、なんだか、あれだから……つまり……小説の……新しい地平の、それが、いわば、小説は……、長くなるのでまたにする。

しかし、少し語尾がぶっきらぼうすぎるのは気になる。小説の実験はいいが、乱暴なのはどうもいけない。しかも、いま考えているのは書名だ。本のタイトルだ。書店で、それを目にした人はどう感じるだろう。

「長くなるのでまたにする」

なんだか不愉快になるのではないだろうか。だからといって、語尾を丁寧にしようとするとまたべつの問題が生じる。

「長くなるのでまたにしよう」

こうすると、とたんに植草甚一になってしまうから不思議だ。「植草甚一」という名前がいま、どれだけの人に知られているかわからない。たとえば私が学生だった七〇年代、とても人気があり、ジャズや映画の評論が有名だったが、その範疇《はんちゅう》を超え、当時のサブカルチャーや、若者のライフスタイルに大きな影響を与えた名前だ。私はいい読者ではなかったし、あまり影響を受けなかった。ただ、私と同じか、それより上の世代にはファンが多かった。まさに、「長くなるのでまたにしよう」にすると、植草調になる。事実、『雨降りだからミステリーでも勉強しよう』という著作が晶文社から出ていた。

さらに考えてみると、拙著『青空の方法』に「動詞で終わる書名は堂々としている」というエッセイがある。安藤忠雄さんの『建築を語る』や、ピーター・ブルックの『殻を破る』など、動詞で締めた書名は、どこか堂々としていて、正直、私には気恥ずかしいのだ。そんなに俺は偉くない。だから私はこんな書物は書きたくないのである。

『ガリガリ君を語る』

いったい、なにを堂々としているのだ。なにを「語る」つもりだ。あのアイスキャンディーの「ガリガリ君」について、なにをそんなに堂々と語ることがあるというのだ。堂々はいけない。どこか気恥ずかしい。しかし、「長くなるのでまたにする」は動詞で終わっていながらあまり堂々としていないのもいい。

それはおそらく「またにする」という、このいいかげんさが効果的なのだろう。さっさと逃げてしまう感じだ。堂々としていない。どこか人をばかにしている。それがいい。だが、そんな書物を誰が手にしてくれるだろう。まだ書きたいことはあるが、長くなるのでまたにする。

3　観光ガイド ―「京都に暮らす贅沢」

京都の大学にいたのはもう数年前になる。市内に部屋を借りて二年ほどそこに住んだ。贅《ぜい》沢《たく》だった。たとえば、そのころ、私は日記に次のように書いている。大学で用事を済ませた夏のある一日だ。

「帰りは２０４番のバス。適当なバス停で降りて近くの洋食屋で食事。夕方だが相変わらず外は暑い。両替町通を下って御池《おいけ》通まで出る。ここはあまり歩いたことのない道だ。烏丸《からすま》通から二条城の方向に向かって、室町通、衣棚《ころものたな》通、新町通、釜座《かまんざ》通、西洞院《にしのとういん》通と南北に走っており、東西に延びる丸太町通から御池通まで細い路地を歩くのが好きだ。烏丸通は大きな通りなのでそれほど面白みはないが細い路地を歩くといろいろ発見があり、歩きの速度が見つけるものはごく微細なこと。京都の市街を歩く醍醐味だと思う」

そして、ぜひ紹介したいのが、鴨川のほとりに、御所に向かって土下座している人の像だ。

京都の学生たちのあいだでは待ち合わせ場所に使われることが多い「御所に向かって土下座する高山彦九郎の像」である。だから待ち合わせのとき彼らは、「じゃあ明日、夕方六時に、土下座像前で」と言う。渋谷のハチ公前のように京都ではポピュラーな待ち合わせスポットだ。夜、たまたまＴＲＥＫの自転車で近くを走ると怖くてしょうがない。なにしろ巨大だ。しかも土下座をしている。そんな像に会いたくはないが、その怖さも京都の魅力だ。

なにしろ、京都の夜は暗かった。

福島の原発事故から節電が社会的な風潮のように語られることは多く、たとえば一時はコンビニなどの表の看板の照明が落とされ、あるいは街灯も消されて街が暗かったが、京都は私が住んでいたころからすでに暗かった。それがいいんだよ。たまらなく怖いのだ。大学まで自転車で通い、帰りが遅くなると御所の近くを走るが、すぐそこにありながら、御所の暗闇はなにか得体の知れないものが潜んでいるようだった。

京都は暗い。夜だけではなく、場所によっては昼間だって薄暗かった。陰翳《いんえい》のなかに美しさがあった。そして突然出現するのが、平安神宮の巨大な鳥居だ。ライトアップされている。なぜ、あんなに巨大なものをライトアップするのだ。あれがまた、怖い。土下座する高山彦九郎も怖かったが、ライトアップされた巨大な鳥居がさらに怖い。まだ書きたいことはいろいろあるが、長くなるのでまたにする。

ルート6

1 催し ―「円盤投げ」

この夏から、九月の後半まで、上野にある国立西洋美術館で開催されているのが『大英博物館 古代ギリシャ展』だ。副題がすごい。

「究極の身体、完全なる美」

ただの「からだ」ではない。「究極」である。これは見ておかなければなるまい。「究極」のからだは、どのようなことになっているのか。まあ、ヨーロッパに旅行をして美術館めぐりなどすると、ギリシア時代の彫刻を目にする機会はよくある。パリで私は見た。たしかに見事な「からだ」だ。しかも彫刻がでかい。とはいっても、あの大きさの迫力がけっして「究極」の意味ではないだろう。

だからこそ、その真の姿を求めて、この機会に「究極の身体、完全なる美」を見ておく意味がある。

　そして、ポスターになっているのはなにか丸いものを手にした人物である。それこそがこの展示の眼玉《めだま》の一つだろうと思われる――新聞の広告にあったコピーを引用すれば――「傑作『円盤投げ』日本初公開」だ。これは大変だ。

　なにしろ「日本初公開」である。

　それは間違いなく、よく陸上競技で見るような「円盤投げ」をしている人の姿だ。そんなものを「日本初公開」などしてもらいたくなかった気もするが、傑作なのだから仕方がない。そして私が感心したのは、「円盤投げ」という競技の基本の形がギリシア時代からほとんど変わっていないことだ。それはまさしく「円盤投げ」である。あの形だ。あの投げ方だ。ただひとつ彫刻に特別なところがある。

「素っ裸で円盤を投げる」

　それが美だ。

　素っ裸だからこその美しさだ。

　ギリシア人はすごい。なんでも始めている。演劇がそうじゃないか。『オイディプス王』は二千五百年近く前に上演されているのだ。ギリシア悲劇には、「悲劇」のほとんどの構造が出尽くしている。

しかも、素っ裸だ。

いや演劇はそうではなかったかもしれないが、ほんとうだったら素っ裸であるべきだった。なぜなら、それが美しさだからだ。

真の美しさは「素っ裸」にある。

円盤も投げれば、槍《やり》も投げ、野菜も投げれば、豚も投げた。素っ裸でだ。なんでも投げたんだ。それが美だ。素っ裸で投げるのだ。

2 事件 ―「密漁」

西日本の、ある土地の湖の話だ。豊富にシジミが取れることで有名な湖だが、もう二十年近くも過去のこと、仕事でその土地に行ったおり、湖の畔《ほとり》にあるホテルにずっと泊まっていた。毎日、温泉につかり、窓から見える湖の景色、特に湖に夕陽が沈む姿の美しさにうっとりとしていた。それを見ているうち、もう東京に帰るのがいやになってしまったのだ。温泉につかった私は声に出して呟《つぶや》いた。

「帰りたくない」

そのころの私は、これといった仕事もしていなかったので時間に余裕があったし、東京から仕事だからと呼びだされることもなかった。だが、社会性を持つべきいい大人がそんなことを口にすることを許されるだろうか。

「帰りたくない」

親に連れられディズニーランドに来た子どもではないのである。ハワイに行って沈む夕陽を眺めながら抱き合う若いカップルではない。まして、タイに行って安宿に長期滞在するバックパッカーではないのだ。

なにしろ、ここは夢と魔法の王国のディズニーランドでもなければ、ハワイやタイといった、人をおかしな気分にさせる外国でもなく、ただの国内にある湖の畔の温泉地だ。そんな場所で呟いていいのだろうか。しかも私は大人だった。社会的にもある程度、認められた仕事をしていた。それでも私は呟いたのである。繰り返し呟いたのだ。

「帰りたくない、帰りたくない、帰りたくない」

たしかにいい街だ。湖だけではない。温泉もよかった。ある文学者にまつわる記念館もあったし、近くには城があり、湖の畔にあるホテルからバスに乗って観光もした。いまでも、あの土地と、旅の素晴らしさが忘れられない。帰りたくなかった。ずっとその土地で湖の向こうに沈む夕陽を見ながら温泉につかっていたかった。

つい最近、その土地を再訪した。今度は滞在が短かったので、観光するような時間もなかったし、温泉にゆっくり入り、湖に落ちる陽をながめるような余裕もなかった。ただ、印象に残ったのは湖に関する噂だ。かつてその湖は豊富にシジミが採れることで有名だったし、街の人たちも、バケツを手にして、翌日の朝ご飯の味噌汁の具にしようと、誰でもシジミを採るのがあたりまえだった。だが、近年、そのシジミの量が減少し、これまでのように採り続けると土地の名物でもあり、湖を象徴するシジミが枯渇する恐れがあるという。そこで自治体が条例を作ったのか、湖を管轄している漁協といった組織がそう布告したのか、いまでは、シジミを採るのを制限することになったという。伝聞だったので記憶が定かではないが、「月、水、金曜日」だけは、シジミの採取が許される。

そして、悪い噂を聞いた。

「密漁」

地元の人がそっと、私の耳元で囁《ささや》いたのだ。

「密漁があるんですよ」

とんでもない話だ。湖の美しさを汚すような話である。いったい密漁者はどんな悪党どもなのだろう。深夜、船で乗りつけ、大量のシジミを採りまくって逃げるのだろうか。もしかしたら丘のほうからトラックでやってきて、ブルドーザーのようなもので派手に密漁するのだろうか。想像した。密漁者の姿だ。想像はふくらみ、悪党たちの、薄気味悪い、笑いが聞こえるようにすら感じた。

地元の人に密漁者のことをさらに詳しく質問した。すると地元の人はあっさり言ったのだ。

「バケツを手にして来ますね」

話がよくわからない。いったいそれはどんな密漁者なのだろう。なにしろバケツである。バケツを手にしてどこから来るというのか。さらに私は知りたかったことを口にした。

「さぞかしその道のプロなんでしょうね、密漁者は？」

「近所のおばさんですよ」

「近所の？」

「夜、来るんですね、人がいなくなってからこっそりね」地元の人は得意げに言った。

それで私は、「密漁ですから、さぞ、こっそりでしょうね。堂々とはしてませんよね。そんな密漁はないでしょうからね」と返事をした。

すると地元の人はさらに意外なことを言った。

「子どももいますけどね」

「子どもも？」思わず私は声を高くした。

怖ろしい土地だ。なにしろ「近所」に「密漁者」がいるし、「子ども」を使ってまで密漁をする。その湖のシジミは全国に流通しており、たとえば東京のスーパーマーケットに行ってもその土地と湖の名前を売り文句に販売されている。密漁にはよほどの旨《うま》みがあるのだろう。

「子どもまで使って、それで、密漁したシジミは、そのあと、どういうルートで」

そこまで私が口にすると、地元の人は私の言葉を遮《さえぎ》り言ったのである。

「朝ご飯だね」

いよいよ、怖ろしい土地である。朝ご飯のために子どもに密漁させるのだ。私はもう一度、この土地に長い期間、滞在したくなった。そして私もシジミを密漁しよう。そんなに美味しい朝食はない。それで私はまた口にするのだ。

「帰りたくない」

そんな素晴らしい冒険があるだろうか。なにしろ、バケツを手にして密漁するのである。

3　回顧　―「思い出のあの映画」

新宿に「蠍座《さそりざ》」という劇場があった。

知っている人がいるなら、おそらくその人はもう、五十歳後半になるのではないだろうか。

同じビルに「アートシアター新宿文化」があり、むしろそちらがメインの劇場で、あとからビルの地下に「蠍座」は作られた。いくつか資料があるので、劇場の概略は簡単に知ることはできるものの、私も行ったはずだが、外観の写真を見てもはっきりとした記憶がない。地下である。階段を下りたはずだ。だが、下りた記憶がないのである。もしかしたら地下だと資料にはあるが、みんななにかを勘違いしているのかもしれない。地下にはなかったのかもしれない。なにしろ階段を下りた記憶が私にはまったくない。さらに記憶をたどると、座席がなかったと思うのだ。絨毯《じゅうたん》がしかれた床に腰を下ろして映画を観た記憶がある。天井はひどく低かった。狭い部屋だった。だがどんな部屋だったかまったく覚えていない。観た映画のことははっきり記憶にある。あの映画だ。日本の映画だった。長い映画だった。途中で休憩が入る映画だった。だが、いまとなってはそれ以外のこと、料金はいくらだったか、どこで料金を払ったのか、もし床が絨毯だったら靴はどうしたか、劇場のことはなにもわからない。

ほんとうに劇場だったのだろうか。

いや、資料には「蠍座」のことがきちんと記されており、劇場ということになっている。だが資料の記述が私にはぴんとこない。そんな場所に行ったとは思えない。もしかしたら、蠍座だと思いこんで、誰かの家に行ってしまったのではないだろうか。なにしろ絨毯があったのだ。地下に下りた記憶がないし、料金を払った覚えもない。だとしたら、それは誰かの家だ。家以外のなにものでもない。天井は低かった。狭い部屋だった。

そうだ、新宿で道に迷った私は、誰かの家で、あの映画を観てしまったにちがいない。

ルート　7

1　文化批評 ―「実物を見ない」

ある日、知人がエスプレッソ・マシンが欲しいと思った。家でも手軽に美味しいエスプレッソ・コーヒーを飲みたかったからだ。けれど、どんなエスプレッソ・マシンがあり、なにを買ったらいいかわからない。だとしたら、雑貨店など、エスプレッソ・マシンを扱っている店に出向き実物を見るべきだが、仕事が忙しい知人はその時間がなかった。

いま、ネットを通じて買い物をするのは、ごくあたりまえのことになっている。通販サイトを覗《のぞ》けば、いくつもの種類のエスプレッソ・マシンが表示される。ではそこから、簡単にこれがいいと判断することはできるだろうか。実物を見なければだめだ。だが、その時間がない。いったいどうしたらいいのか。そして知人は発見した。

YouTube だ。

エスプレッソ・マシンの映像が世界中から数多くアップされている。企業の広告映像もあるが、なぜか世界中のキッチンにあるエスプレッソ・マシンが映し出されるのだ。たとえばこんなタイトルの映像がアップされていた。

「エスプレッソ・マシンでコーヒーを淹《い》れてみた」

ああ、そうですか、としか言いようのないタイトルだが、知人にとっては大変に有用な情報になった。コーヒーがセットされる。スイッチを入れる。機械音がする。やがて聴こえてくるのだ。あの心地よい音が。

「ポコポコポコポコ」

コーヒーを抽出する音である。知人はその音を聴いた。繰り返し何度も聴いた。いったい最良のエスプレッソ・マシンはどれか知りたいという理由だけで、毎日、エスプレッソ・マシンの映像をYouTubeで見た。そして聴いた。

「ポコポコポコポコ」

仕事が終わって家に戻り、家の用事や食事を済ませて落ち着くと、コンピュータを起動させ、YouTubeに接続してその音を聴いていたという。もう、頭の中はエスプレッソ・マシンのことでいっぱいだ。仕事にも身が入らない。なにかしようと思うと、あの音が聴こえてくる。

「ポコポコポコポコ」

だが、べつに知人は、エスプレッソ・マシンの映像を見るのが目的ではないのである。美味しいコーヒーが飲みたいのだ。だったら早く買えばいいが、YouTube に取り憑かれ、エスプレッソ・マシンの映像を見ているだけで、もう美味しいエスプレッソ・コーヒーを飲んだ気になっていた。これでいいのか。時間を作って店に行きたい。だが、行こうと思うと、あの音が聴こえてくる。心地いい音だ。甘美な音だ。それだけでコーヒーの香りさえ漂ってくると感じていたのだった。

「ポコポコポコポコポコ」

いまだに知人は、エスプレッソ・マシンを買えないでいる。

2 生活――「台車」

私たちの身のまわりには便利なものが多い。しばしば、人はなにかに対して、「あれが不便だ」と苦言を口にするが、便利なものをつい見逃してしまう傾向にあり、それというのも「便利」にあぐらをかくからだ。

「靴べら」

あんなに便利なもの、いったい誰が発明したんだ。私はふだん、ほとんどラフな格好をしているからスニーカーばかり履いている。ときどきスーツを着なくてはいけない場合もあって、そのときは革靴だ。革靴にあまり慣れていない。スニーカーのようにすっとは履くことができず、履こうとするとまごまごする。だからこその靴べらだ。足を半分まで靴に入れる。踵《かかと》のあたりに靴べらを差し込む。さらに足を入れる。人は驚きの声を上げる。

「靴が簡単に履ける」

あんなに便利なものがあるだろうか。もし、靴べらが便利じゃなかったらいったいどんなことが起こるかと想像し、怖ろしい気分に私は襲われる。靴に足を半分まで入れる。靴べらを差し込む。そして口にするのだ。

「うまく履けない」

そして、靴べらを投げ出して言うだろう。

「なんだこんなもの」

だが、靴べらは人を裏切らないのだ。うまく履けるのだ。足がすっと入るのだ。こんなに便利なものがあるだろうか。ほかにも、栓抜きがある。名前がすごい。動作がそのままモノの名前になっている。なにしろ、「栓抜き」だ。その名前を聞いて誰もが用途を知るだろう。だから「わかった、これ、栓を抜くんだ」と口にするが、そんなのあたりまえじゃないか。動作をそのままモノの名前にするならもっといろいろあっていいと思う。

「蓋《ふた》開け」

固く閉まった蓋は開けにくい。たとえばジャムの瓶が開けられない子どもがいるかもしれない。それが簡単にできるとしたらどうだ。「蓋開け」がある。きっと人は言う。

「わかった、これ、蓋を開けるんだ」

あたりまえだ。

だから私は、「台車」のすごさをあらためて語りたい。なぜなら、台車はほんとうに便利だからだ。

人類にとって「車輪」の発明のすごさはしばしば語られる。それが進化し、発展することでさまざまな輸送機関が生まれたのはいまさら私が語るまでもない。そこに台車がある。まず、名前の素朴さに人は心を打たれる。

「台車」

音としては、どこか「愛車」に似ているがそんなことはどうでもいい。だいたい、だじゃれじゃないか、それ。だから、「台車」と端的に表現する奥床しさにその価値を見いだすべきだ。もしこれが、大げさな名前だったら、私はことさら語ろうとは思わない。

「小型車輪付き物流駆動装置」

いやだよ。

だが、台車は、「台車」という、こんな単純な名前にもかかわらず、驚くべき便利さを人にもたらす。板状の盤の底にキャスターという名前の小さな車輪が付いている。モノを置くためにその盤がある。そして、手で押す棒のようなものが付属する。構造はこれだけだ。単純である。だからいいんだ。複雑なスイッチなどないさ。ボタンをいくつも操作しなければいけないような複雑な仕組みもない。ではなにをするか。

「手で押す」

すごい話だ。ものすごく単純だ。誰にでも操れる簡易さ。しかも、たいていの台車は、手で押すその棒状のものを折り畳むことができ、小さくなって収納がしやすい。どこまでも配慮が行き届いて心憎いばかりだ。

どんなに重たいものでもかまわない。台車の上に載せる。手で押す。動く。ものすごいことが起こったのである。

さらに台車には、本来の使い方とは異なったことにも応用できる素晴らしさがある。たとえば、その一つが、自主制作映画などで三脚に固定したカメラをそれに載せ、移動撮影に使うことがある。プロの現場だったらレールを引いて移動撮影をするが、自主制作映画にそんな予算があるものか。台車だったら、安いものなら一万円以下である。

素晴らしい。

さらに、そのような使い方をメーカーは禁じているにちがいないが、人間が乗っても、それはそれでいいという問題がある。人が乗る。誰かが押す。面白い。素晴らしい話だ。だから繰り返そう。

「台車」

この奥床しい響き。なんでもないような言葉でありながら、たいへんな便利を与えてくれる。いいなあ、台車。台車のことについて、台車愛好家たちと、夜を徹して話し合いたいのだ。誰かが、「俺、冷蔵庫を運んだぜ」と言うのだ。そして、「冷蔵庫を？　あんな重いものを？」とまた誰か。

「運んださ。玄関から台所まで運んださ」

いつまでも話は尽きない。

3　スポーツ ―「スピード感」

野球は試合時間が長いとしばしば語られる。私もそう思う。二〇一一年のプロ野球の試合時間が三時間半までとされたのは、東日本における大きな震災や、原子力発電所の事故を受け、「節電」が求められたからだろう。ナイターは電力を消費するといったことに配慮し、時間を制限したのだろうが、かつて長い試合は数多く、記録を調べると、六時間二十六分というとんでもなく長い試合があった。

プレイのひとつひとつが長い。

なかなか投げないピッチャーがいる。なにをしているのだ。さっさと投げろと言いたい。しかもピッチャーが交代すると、なぜか出てきたピッチャーが投球練習をする。なぜそんな悠長なことをするのだ。サッカーで、交代で入ってきた選手がピッチ上でウォーミングアップをするだろうか。けっしてそんなことはしない。

野球は長い。

だが、それがつまらない理由にはならない。そういうスポーツなのだ。なかなか投げないピッチャーと、それをじっと待つバッターの対戦は、いわば剣豪の対決である。さーっと、やらないからこその、緊張感だ。武蔵と小次郎の決闘が、さーっと終わったら、なんだかしまらないじゃないか。野球は長い。そこに魅力がある。もしスピード感がスポーツでもっとも重視されるなら、もっとも面白いスポーツは「百メートル競走」である。十秒ぐらいで勝負が終わる。マラソンのことを考えてみろ。長いよ。箱根駅伝のことを考えてみろ。もっと長いだろう。

スピード感がすべてではない。

ルート　8

1　日々の雑感 ―「冬が来る」

いやだなあ。冬はいやだ。なぜなら、寒いからだが、そんなことを言ったら夏は暑いではないかと思うむきもあるだろう。暑いのはいいではないか。なぜなら、あまりの暑さに歯ががちがち鳴ることはないからだ。寒さはときとして人のからだを震わせ、歯ががちがちする。中沢新一さんが翻訳に関わった『虹の階梯《かいてい》―チベット密教の瞑想修行』(平河出版社)という本のなかに、「歯ガチガチ地獄」というのが出てくる。あまりの寒さのために「歯がガチガチ鳴る地獄」のことだ。いやだよ。そんな地獄に堕《お》ちたくないよ。だったら、「汗だらだら地獄」のほうがずっとましだ。まあ、どんな地獄か説明するまでもないと思うが、暑いのである。暑くて、汗がだらだら出るのだ。どちらもいやだと言う人もいるだろうが、人はどちらかの地獄に堕ちなければいけないのだ。たいていそうだ。そして、汗をだらだら流す姿には、どこか「あいつ、がんばってるな。ひたいに汗して、働いているな」といった印象がある。だが、歯ががちがち鳴っている人を見て人はどう思うだろう。

「うるせえよ」

なにしろ、がちがち音がするのだ。だめだ。迷惑になる。

そう考えてゆくと、さまざまな地獄が想像でき、それぞれ、どこに堕ちたらいいか人は苦悩するにちがいない。

「腹ぺこぺこ地獄」

いよいよだめである。こんな情けない姿はない。「お腹《なか》すいちゃったよお」と言っているのである。大人でもそう口にする。もう食いしん坊の世界だ。

「足の裏べたべた地獄」

どういった地獄か、よくわからないかもしれないが、なにかを踏んだのだ。べたべたしたものを踏み、すごく気持ちが悪い。べたべたしている。歩きづらい。なにをするにも集中できない。べたべたしているとそれが気になってなにもできないのだ。いやだいやだ。そんな地獄にも堕ちたくない。

「イヤフォンのコードぐちゃぐちゃ地獄」

音楽を聴きたいのだ。iPod など、小型の携帯音楽プレイヤーで聴いて外に出たい。かばんから出そうとするとコードがぐちゃぐちゃに絡んでいる。直すのに手間がかかる。しかも地獄だけに、どんなにがんばっても、ぐちゃぐちゃに絡んだコードは直らない。いらいらする。腹立たしい。頭が変になりそうだ。

だからこそ、「汗だらだら地獄」だ。

汗は素晴らしい。暑いのがいい。風邪をひかない。夏がいい。汗を流せば、人によっては「青春」だと勘違いする。

「汗だらだら地獄」

こんなに素晴らしい地獄はめったにない。

2　現象 ― 「ヤフーオークション」

これはもう、べつの場所に書いたことなので簡単に記すが、あるプロ野球の試合のチケットを、ヤフーオークションに出品した人がいた。その人の反応が興味深かったという話だ。優勝も決まったあとの消化試合だった。なにかで神宮球場のチケットをもらったその人は野球に興味がなかったので、なにげなくそれを出品した。小遣い稼ぎになればと思ったのだろう。はじめは千円に金額を設定していた。ところが、それがいつのまにか、四万八千円になったのだ。なにが起こっているのか理解できない。じつは特別な試合だった。ヤクルトスワローズの池山隆寛の引退試合だった。出品者は慌てた。理解できない。調べて少しだけ事情がわかった。落札者にメールを送ったが、混乱して、わけのわからないことを書いてしまった。

「当日は池山さんの最後ということで」

死んでしまうのか。

池山はこれがこの世の最後なのか。

しかし、それも仕方がない。知らない者にしてみれば、シーズンも終わり、優勝チームも決まったあとの試合のチケットが、オークションで高騰することがよく理解できない。二人の人物が白熱していた。入札合戦だ。金額がどんどん上がった。千円だったチケットが、四万八千円になってしまった。

以前も書いたことがある話なので、読んだことのある人もいると思う。その四万八千円で落札したのが、私である。

その日の神宮球場はすごかった。満員だった。池山の最後の打撃を一目見ようとファンが集結した。試合前だ。まだそのころ、私は煙草を吸っていたので喫煙所に行った。おやじばかりが煙草を吸っている。まだ試合前だが、みんな涙ぐんでいた。いったいなにごとだ。

いや、池山の話はここではそれほど重要ではない。ヤフーオークションである。ネット上のオークションのことを書こうとしているのである。

アメリカには「eBay」というオークションサイトがある。日本からも参加できる。仕組みはほとんど日本のそれらネットオークションと変わらず、というか、むしろ日本側が真似をしたのだろう。そして、国内におけるその最大手がおそらく「ヤフーオークション」だ。読者のなかにも利用したことのある方が多いのではないだろうか。私はよく、本や音楽CDを落札する。ときには、コンピュータ機器を落札することもあるし、ギターを落札したこともあった。

基本はオークションだ。

よくあるそれとシステムは同じだ。そして、ヤフーオークションに限らないのかもしれないが、出品者と落札者との取引の過程でトラブルが発生する場合もある。だから、お互いに相手を評価するページがあって私も評価された。大学の授業の資料にしようと古雑誌を落札したが、忙しくて、つい連絡するのを忘れてしまったのだ。評価は厳しかった。こうレッテルを貼られた。

「非常に悪い落札者です」

ほんとうに申し訳ないのだ。一方的に私の落ち度である。忘れてしまったのだ。言い訳はすまい。ただただ、私の怠惰が理由だ。だが、その言い方はちょっと気になる。なにしろ、「非常に悪い」のだ。こう評価されると、どこか、自分が「ならず者」になったような気分だ。道を歩いているとき、唾を吐いたほうがいいような気にさせられる。自動販売機があったらそれを壊して小銭を盗んだほうがいいのではないか。駐車場のクルマの車上荒らしをしてもいいのではないか。そして、オークションでは取引のため、出品者にメールを書くが、「非常に悪い落札者」と烙印《らくいん》を押されて以後、「初めまして」などと、型通りの挨拶ができない気分になる。こう書き出すのが「非常に悪い落札者」の正しい姿だ。

「買ってやるからありがたく思え」

なぜなら、「非常に悪い」からだ。あたりまえじゃないか。ほかにもこんなふうに書いてやってもいい。

「金をもらえると思ったら、大間違いだぜ。だけど、さっさと、ブツを送ってきな」

なぜなら、「非常に悪い」からだ。「非常に悪い落札者」がほかにどんな言葉を書けばいいというのだ。

ヤフーオークションは恐ろしい。それに関わって、うっかりしていると「非常に悪い落札者」にされてしまい、平穏な人生から転落する。行き着く先は「ならず者の世界」だ。左右に開く酒場のドアを力一杯開け、店に入ってゆく。ならず者の私だ。店にいる者らがこちらを振り向く。誰かが動く。「動くんじゃねえ」と銃を一発、天井に向けて発砲する。カウンターの奥からさっと動く影が見える。銃を構えた男だ。だが、私の銃のほうが一瞬、早かった。弾丸は命中、銃を構えた男はその場に倒れる。それで私は言うのだ。

「金をもらえると思ったら、大間違いだぜ。だけど、さっさと、ブツを送ってきな」

だから、ヤフーオークションは、西部劇である。なぜなら、うっかりしていると人は、「非常に悪い落札者」にされてしまい、いつのまにか「ならず者の世界」になってしまうからだ。恐ろしいよ。ヤフーオークション。

3　旅の手帖 ―「浜名湖」

あれは何年前になるだろう。もう十数年前だった。両親が住む静岡県の遠州地方に帰郷したおり、時間があったので、どこかに小旅行に行こうと思いたった。まず、電車で三十分ほどの浜松に行った。駅前からさまざまな路線のバスが出ている。試しに「舘山寺《かんざんじ》行き」というバスに乗った。舘山寺は子どものころ親に連れられていったことがある。浜名湖に面した町で、その名の通り、同名の寺もあるが、温泉街として地元ではよく知られている。温泉につかるのも悪くはない。そして私はその魅力を堪能した。

さびれた温泉街はなごむ。

まあ、シーズンオフの平日だったこともあるだろうが、ほとんど人の姿はなかった。観光案内所で温泉付きのホテルを紹介してもらった。大きなホテルだったが、私のほかに客はいないようだった。がらんとしている。それがまたいい。風呂も独占状態だ。誰に遠慮することもなく、のんびり湯につかっていられる。湯から出て夕食を用意してもらった。料理も美味しい。浜名湖で採れる魚は新鮮だ。静かだった。ほかには宿泊客は誰もいない。そう思って、ぼんやりしているとき、隣の部屋から声が聞こえた。

出たのか。

なにか恐ろしい予感がしたが、おどろおどろしいというより、どこかにぎやかな声だ。奇妙に思い、声のする隣の部屋に行った。ドアが半分開いていた。テレビの音がする。笑い声が聞こえる。

出たのか。

仲居さんたちが笑っている。話している。楽しそうだ。いったいどんな旅館だ。

ルート　9

1　提案 ―「純粋罰ゲームへの道」

テレビのバラエティ番組でしばしば見る凡庸な企画に「罰ゲーム」がある。クイズに答えられなかったり、ゲームをやって負けると罰ゲームをするという例のあれである。そして、罰ゲームの内容もさほど新鮮味はない。「ものすごく辛いものを食べる」とか、「熱湯風呂に入る」「からだに電気を走らせる」といった、さほど面白いとも思えぬことを、もう何十年もやっている。なにが面白いのだ。まずなにがつまらなくさせているのか。それは次のようなことが考えられる。

「結果として罰ゲームをやる」

ゲームに負けたから罰ゲームをするという発想がいけない。なにかの結果として罰ゲームをやろうとするから、「罰ゲーム」の芸術性が失われるのだ。だから次のように考えるべきである。

「ただ、罰ゲームをする」

これぞ、「純粋罰ゲーム」である。「純粋芸術」の領域である。ファインアートとしての罰ゲームだ。なんの意味もないのだ。ただ罰ゲームをすることだけが目的だ。なにかの結果ではない。目的だ。罰ゲームをすることが目的になる。

そこでかつて、私たちは演劇のワークショップで「罰ゲーム」を作るということを試みた。さまざまな罰ゲームが考案されたが、そこには純粋な意味で「罰ゲーム」の「罰ゲーム」らしさが出現したのである。それはほんとうに罰だった。たとえば、これはどうだ。

「読売ジャイアンツの帽子をかぶって一日過ごす」

これは恥ずかしい。というより、いい大人が、昼間からジャイアンツの帽子をかぶっているとひどくばかに見える。ジャイアンツの帽子はすごい。人を「ばかに見せる」という特殊性がある。これがたとえば、ニューヨーク・ヤンキースの帽子ならファッションとして容認もされるが、日本の球界でもなぜかジャイアンツの帽子にこの傾向は強い。恐ろしい罰ゲームだ。なにかの結果、それをするのではない。意味なく、みんなでジャイアンツの帽子をかぶるとしたらどうだ。進んで罰を受ける。我々は宗教的な受難者なのか。ここに「純粋罰ゲーム」の美しさがある。

さらに、これはどうだろう。

「お母さんに電話して、ありがとうと言う」

すごくいいことをしている。感謝の言葉を母親に伝える。なんといいことをしたのだろう。

だが、やはり、恥ずかしいんだ。したくてもなかなかできない。いったいどんな声で母親に「ありがとう」と言えるのだ。

だが、私たちはやった。純粋罰ゲームのためだ。恥ずかしかった。「ありがとう」と言われた母親が言った。

「なに、ばかなこと言ってんの」

凡庸な罰ゲームはだめだ。もっと新鮮な罰ゲームがいま求められている。しかもそれは、そんなことをしてもなんにもならないところに出現するはずである。意味なく罰ゲームをしよう。いますぐ母親に電話して「ありがとう」と言おう。そこに罰ゲームが孕《はら》む、修行の意味が出現する。だから街に出てこんなふうにするのもいい。

「見知らぬ人に、きのうの晩ご飯になにを食べたか報告する」

意味はない。だからいいんだ。こうして「罰ゲーム」は神々しい光を放つ。

2　美容 ―「アフロのカツラが似合う知人」

なによりうらやましいのは、「アフロのカツラ」が似合う者だ。そもそも、「アフロのカツラ」は自ら好んでかぶるようなものではない。むしろ何かの賭《か》けに負け――先に書いた「罰ゲーム」の話とも繫《つな》がるが――いやいやかぶるような得体の知れないものである。とはいうものの、本来的には「アフロ」は素晴らしい髪形だ。ブラックミュージックが好きな者なら一度はアフロにしてみたいと考えるだろうし、アフリカ系アメリカ人をはじめ、多くのアフロヘヤーの者らの姿は、そのファンキーさから人々に憧れさえ抱かせる。だが、いま問題なのは「カツラ」である。一般的に言うところの「ヅラ」だ。そしてアフロだ。罰ゲーム以外のなんだというのだ。

それは十月の末だった。私はよく知らないが、その時期、ハロウィンのお祭りがあって、街にはさまざまに扮装《ふんそう》した者が現れるという。その日、ツイッターで知人の女性が、「今夜は思いっきり羽目を外す」といった意味のことを呟いていた。いったいどんなふうに羽目を外すのか興味深かった。どうやら扮装しているらしい。しかもかなり酔っているようだった。からかうような気持ちで、「どんな扮装なんだ?」と言葉を返すと、すぐに返信があった。

「アフロのカツラをかぶっています」

いったいなにごとだ。

はたして、そんな恐ろしいことを、たとえ文字で呟くとしても、言葉にしていいのだろうか。人には言っていいことと、いけないことがある。たとえば、「私、どんぶり飯五杯、うつぶせで食べました」と告白していいだろうか。あるいは、「いま、全身、オルニチンまみれです」と言っていいだろうか。いったいそれはどんなプレイだ。なんにせよ、けっして口にしてはいけない。まして女性がそんなことを臆面もなく言葉にするのは――たとえ古いと言われようが――絶対にだめだ。だめに決まってるじゃないか。「全身、オルニチンまみれ」って、いったいなんだ。「どんぶり飯五杯、鼻から食べる」っていったいなにごとだ。だめだ。絶対にいけない。なぜなら恥ずかしいからだ。恥ずかしいならまだいいが、人間としてその存在を疑われてもしかたのない言葉だ。だからその言葉も問題を孕んでいた。

「アフロのカツラをかぶっています」

つまり、いきなりなことを呟いたのである。たとえ「ツイッター」という限定された空間とは言っても、ソーシャル・ネットワークという公の場である。誰がその言葉を読むか知れたものではない。

「アフロのカツラをかぶっています」

まあ、繰り返すことに意味はないが、そう呟かれた私は冗談で、「その写真、送ってこい」と言葉を投げた。冗談である。そこでアフロ姿の自分を写真に撮って他人に見てもらうような者などいないと私は考えたから、そんな冗談も気軽に言うことができた。しかし、女は酔っていた。しかもハロウィンだった。お祭りだ。お祭りは人をばかな状態にする。すぐにメールが送られてきた。そこに写真が添付されていた。

「やけにアフロのカツラが似合う知人」

そんなものを私は見たくなかった。なぜ送ってきたんだ。見たくなかったよ。ただ冗談でそう言っただけである。だが送ってしまった。一生の恥になるかもしれない写真だ。それを臆面もなく送るとはなにごとだ。しかも、似合っている。いよいよだめだ。似合っているとはなにごとだ。たしかに酒の勢いだったのだろう。ばかになっていた。お祭りだった。だが、酔っていたらなんでも許されると思ったら大間違いだ。もうあともどりはできない。つまりその人はこういう人だった。

「アフロのカツラがやけに似合うばか」

しかし、怒りのあまり言葉が過ぎたかもしれない。落ち着いたほうがいい。冷静になって考えよう。よくよく考えれば、それは稀有なのかもしれない。この国でアフロのカツラが似合う人間はそんなに多くはない。貴重と言ってもいい。そして女性だからこそ、いわばチャーミングだと言うべきだ。だが、最後にこれだけは言いたいのだ。

ハロウィンだからって、なんでも許されると思ったら大間違いだ。アフロは似合っていたものの。

3　朗報――「牛の奇跡」

少し古いニュースになるが、心温まる記事を読んだ。二〇一一年の十月四日の朝日新聞のサイト上の記事の見出しにこうあったのだ。

――「奇跡起きた」　豪雨の迷い牛6日ぶり生還　奄美《あまみ》大島
詳しく記事を読むとこうある。

「9月25～26日に鹿児島県奄美大島北部を襲った集中豪雨で行方不明になった黒毛和牛の繁殖用母牛1頭が、直線距離で約10キロ離れた海岸で6日ぶりに生きて見つかった。川から海へ流され、砂浜にたどり着いたとみられる。飼い主は『なんて運の強い牛だ。奇跡が起きた』と喜んでいる。」

なんという心温まる記事だろう。だが、ほんとうに飼い主は「なんて運の強い牛だ」と、そんな芝居がかった台詞《せりふ》を口にしたのだろうか。その人はどんな声でそれを言ったのか、そのほうが気になって、牛が助かったことには心温まったが、どうも釈然としない。しかも、それだけではなく、「奇跡が起きた」と独白する。ほんとうなのか。では、同じニュースを扱った読売新聞の記事ではどうなっているだろう。飼い主はこう口にしている。

「牛は子どもみたいなもの。よく生きて帰ってきてくれた」

どこにも「奇跡」という言葉などない。こちらのほうがほんとうらしく聞こえるが、朝日と読売のどちらが正しいかはわからない。ことによると飼い主は気が動転し、「なんて運の強い牛だ」と、自分でも思っていなかったことを口にしたかもしれない。人は気が動転するものなのである。ことによったら「なんて運の強い牛だ。奇跡が起きた」と口にしたとたん、どんぶり飯を五杯、うつぶせで食べてしまうかもしれないのだし、なぜか、全身オルニチンまみれになってるかもしれないのだ。朝日の記事の人は動転していた。気が動転した人の気持ちはわからない。なぜなら、気が動転しているからだ。

ルート 10

1　京都観光 ―「百万遍」

京都に住んでいたのは、もう九年ほど過去のことになる。知らない土地の地名はどこでも興味深く感じるのは、その名前が特別というより、自分になじみがないからだろう。だから関西の地名はどこも新鮮だった。

京阪線に「中書島」という駅があった。

読み方がわからない。これで「ちゅうしょじま」だ。車内放送で耳にしたからわかったものの、もしこれが、文字だけ示されたら、そうは読めなかっただろう。だが、読もうと思えばまだ読める。京都で教えていた大学があった土地の名前はまず無理だ。初めてそれを目にした者は誰も読めないと思う。

「上終町」

これで、「かみはてちょう」だ。いま、漢字変換ソフトのATOKが、「かみはてちょう」と入力して、すぱっと一発で「上終町」と変換したので驚いたが、普通これを「かみはてちょう」と人は読めるか？　というか、いったいこの地名、どこの詩人が付けたのだと言いたくなるほど、「上終町」は文学的である。

では、「百万遍」とはなにか。

その角に京都大学のある大きな交差点にこの名前が付いていた。文字通り「ひゃくまんべん」と読むが、まあ、京都だからなんらかのいわれがあるのだと想像した通り、やはりそれにふさわしい物語があった。交差点の近くに知恩寺という寺がある。後醍醐《ごだいご》天皇の時代、その寺にいた僧侶が、百万遍、念仏を唱え、流行していた疫病を鎮めたという。そのことから知恩寺は、「百万遍」という名前を与えられた。

百万遍、つまり、百万回念仏を唱えるのである。

たとえば、一秒に一回、不眠不休で唱えたとしても、計算すると十一日と十二時間ぐらいかかる。まあ、人間、少しは眠らなくてはまずいと思うので、ざっと見積もって、二週間かかるとしよう。京都のガイドブックによれば、知恩寺では、年に一回、冬、その百万遍念仏をやる。だが期間は二日だ。

ちょっと足りないんじゃないのか。

知恩寺の前には大きな柱が立ち、そこにこう文字が刻まれている。

「百萬遍念佛根本道場」

やはり「百万遍」である。しかも「根本」だ。そして、「道場」だ。そうなるとなあ、もう二日でやってしまうにちがいない。ものすごい勢いだ。なぜなら、「道場」だからだ。

2　今月の疑問 ―「なぜ眠くなるのか」

原稿の締め切りがやってくる。すると、ひどく眠くなるのが、どうもおかしい。べつに、原稿を書いて徹夜したという話ではない。いま起きたばかりでも同じだ。ベッドから出る。机に向かう。コンピュータを起動させる。

もう眠い。

いや、そんなに時間がかからず、もっと早い場合もある。ベッドから出る。原稿を書こうとする。

もう眠い。

いやいや、まだ生ぬるい。もっとひどいときがある。ベッドから出る。ベッドの横でもう寝ている。いったいなにが起こっているのだ。風邪薬でも飲み、それが眠気を誘発したのだろうか。だが、薬を飲んだ記憶はない。だとしたら、そうした種類の病か。けれど、ふだんはそれほど眠くなることはない。むしろ、眠れないことのほうが多い。病院で睡眠導入剤を処方してもらい、眠れなくて困ったときはそれを服用する。

一度、旅先でまったく眠れないことがあった。

それというのも、睡眠導入剤を家に忘れてしまったからだ。ないとわかると、いっそう眠れなくなるものだ。ベッドにもぐってじっとしても眠れない。試しに羊の数を数えてみた。途中で飽きてきた。結局、飽きたことばかり気になり眠れたものではない。いったい、あの「羊の数を数える」というやつを考えたのは、どこのどいつだ。眠れたためしがないよ。いや怒ってもしょうがない。次の日は仕事だ。眠らなくてはいけないと私は必死にベッドのなかで悶々《もんもん》としていた。

眠れない。まったく眠れない。

そこで、酒を飲めばいいのではないかという結論にいたったのも、おそらく素人《しろうと》の浅はかな知恵だったのだろう。私はまったく酒が飲めない。いわゆる下戸である。飲むと気持ちが悪くなるし、すぐに眠くなるという経験がかつてあった。酒だ。ここはひとつ酒の力に頼ろう。宿泊していたホテルには酒類の自動販売機があった。見れば、さまざまな缶ビールがある。

大きな缶ビール。中ぐらいの缶ビール。そして、小さい缶ビール。子どもの言いぐさかよ。そうではない。酒のことなどよく知らないだけだ。知るものか。よくわからないんだ。ビールのことを細かく描写できるわけがないじゃないか。ビールなんだよ。よく知らないが、ともかくビールだ。

それで、ふと、ビールの横を見ると、缶酎ハイというものがあった。

名前は聞いたことがある。居酒屋などで、みんなが口々に、「酎ハイ」と言っていたのではなかったか。ビールは飲んだことがある。だが、酎ハイは未体験で、試しに飲んでみるのもいいかと思ったのは、人は珍しいものを欲するからだろう。どんなものか知っておきたい。酒は飲めないものの、ビールの味は知っている。あの苦みを美味しいと口にする者の気持ちがよくわからない。ここは缶酎ハイだ。缶酎ハイに決まりだ。一本買って、部屋に戻り、おそるおそる、それを口にした。

甘い。

なんだよ、甘いよ、ぐんぐんいけるよ、こりゃ、ジュースみたいなものじゃないか、そうかそうか、もっと早く教えてくれればいいじゃないか、そうなのか、こんなに甘いのか、へー、すごく飲みやすいじゃないか、なんだよ、みんな人が悪いよな、教えてくれないものな、なんだなんだ、缶酎ハイ、最高だよ、そこへゆくと、ビールなんかなんだ、あんな苦いもの、どこが美味しいものか、と悪態をつきながら、缶酎ハイを、ぐびぐび、私は飲んでしまったのだった。

次第にアルコールが回ってきた。

缶酎ハイは、甘いわりには、けっこうきつい酒だった。それで私は思った。

「これ、ジュースじゃないよ」

だが、そんなことを言っている場合ではない。すでに手おくれである。ぐびぐび飲んでしまった。手のひらがまっかだ。からだが熱い。次第に心臓がばくばくしてくる。苦しい。眠ってなどいられるものか。苦しくて、眠ろうにも、もうどうしようもない状態だ。助けてくれ。死ぬ。これはもうだめだ。

そうして、ホテルのベッドで悶絶しているうち、いつのまにか私は眠りについたのだった。

そんなふうに、「眠れない」ことについて、これまで経験したエピソードを書きはじめたらきりがないのでやめるが、ではなぜ、原稿を書こうとすると眠くなるのかがわからない。

そんな折、知人に教えてもらったのは、作家の井上荒野さん（@arereno）のツイッターの言葉である。

「ごはん食べてるときは何ともないのに、机に向かうと『風邪っぽい?』と感じるのはなぜだろう。」

謎だ。ここにも新たな謎があった。

眠くならないまでも、机に向かうと風邪気味になるのは、まあ、ほぼ、同じような現象だろう。さらに漫画家のとり・みきさん（@videobird）は、やはりツイッターで、こんなふうに呟いている。

「なぜ原稿が上がったとたん眠気がどこかへ行くのか。」

なんだそれは。また新しい種類の謎だ。

いったい、みんなどうしてしまったのだろう。これはやはり、なにかの病だろうか。眠くなるんだ。原稿を書こうと思うと眠くなる。なかには、風邪っぽくなる人もいる。そうなると、次のような病例があってもよさそうだ。

「原稿を書こうとすると、骨折する」

あってもおかしくないじゃないか。

この病の治し方は、まだ誰にもわからない。

3　修行 ―「エロとはなんなのか？」

初めて小説を書いてからもう十年以上になる。まだ父は生きていた。文芸誌に掲載されたそれを父は、すぐに読んだというので驚かされたが、さらに驚いたのは、その感想だった。

父は言った。

「アキオの小説にはエロがない」

よりにもよって、核心をつくような一言である。部分的に性的なものを書いたつもりだったが、父にはそうは感じられなかったのだ。ではいったい、父が、そうだと認めてくれる「エロ」とはなにか。私にはその才能がないのだろうか。

だから、悔いが残るのは、死ぬ前に、父が満足するような小説が書けなかったことだ。だめだった。書けなかった。まだまだ修行が足りない。父の言う「エロ」が書けないうちは、作家として半人前なのではないだろうか。修行の道は遠い。

だが、どんな修行をすればいいというのだ。

旅に出ればいいのだろうか。いったい、どこへ行けばいいのだ。

「京都に行く」

それは修行ではなく、観光ではないのか。だったら「奈良」がいいだろうか。「北海道」はどうか。「香川」で讃岐《さぬき》うどんを食べるのはどうか。だめだだめだ。どれもこれも観光だ。しかし、「観光」という言葉にはどことなく性的なものが漂っている。だから、「温泉」はかなり有力である。性的な匂《にお》いがする。「エロ」の気配が漂っている。

よし温泉に行こう。

行って、いい風呂に入ろう。それでゆったりするのだ。修行だ。なにごとも修行である。温泉だな。温泉で次の小説の構想を練る。父は喜んでくれるだろうか。ただの「風呂に入っている人」だと思われなければいいが。

ルート11

1　日本語講座 ―「とっさの一言」

なにかあったとき、気が動転し、うまく言葉が出てこないことはよくある。会うはずのない場所で知人に会ったらどうするか。会社をずる休みして東京ディズニーランドに家族と行き、そこで、取引先の会社の人に遭遇してしまう。相手はなにかの理由で平日が休みだとしたらどうだ。こちらはずる休みだ。気が動転する。とんでもないことを言い出しそうだ。しかし、人は落ち着いてことにあたろうと努力する。けれど間違える。なにを間違えるか。「テニヲハ」である。落ち着いているつもりだが、どこかが微妙におかしくなってしまうものなのだ。

「久しぶりに家族がディズニーランドも行きたいも言いましたも」

ぜんぜんだめだ。

むしろ、気が動転しているのが明白ではないか。だから「とっさの一言」とは「テニヲハ」のことになる。人は失敗する。別れぎわのさりげない一言もきっと奇妙な言葉になる。「では」と言おうとして、「でも」といきなり失敗する。そして、「あしたの会社が」と、「が」を使ってしまったが、ここは「で」だったのではないか。そして、「お願いします」とまとめる。

「でも、あしたの会社が、お願いします」

なにをだ。

2　業界の内幕 ―「どこで書くのか」

劇作家はどこで書いているのだろう。

そこにも世代差はあり、ある時期から、ＰＣのワープロソフトで書く者が圧倒的に多くなった。それ以来（調べたわけではないので正確ではないが）、かつてのように「喫茶店」で書く者も少なくなったと想像する。「喫茶店」という書き方もいまでは懐かしい響きになったとはいえ、「書く」のだったら、断固「喫茶店」だろう。「喫茶店」にちがいない。深夜のファミレスで書く者も多いが、私もそうだったように劇作家は「喫茶店」と決まっている。

新宿駅からほど近い喫茶店だった。

狭い入口からすぐ地下に通じる階段を降りる。すると、入口からは想像できないほど、店内は広い。天井も高い。テーブルも多く、さまざまな人に利用されているのがわかり、なんの仕事かわからない者らが、平日の昼間からコーヒーを飲んで会話し、あるいは商談をし、遠くからカップルの笑い声も聞こえた。

ある出版社が、劇作家、演出家にインタビューをして演劇の本を出すという企画があった。その後、本の企画は流れてしまったが、ともあれ私はインタビューを受けるためにその喫茶店に行った。どういう話の流れでそうなったかよく覚えていない。劇作家の別役実さんについて、その著書『ベケットと「いじめ」』がとても面白かったこと、その内容を語り、いかに別役さんの戯曲に関する分析がすごいかを、私は編集者とライターに向かって熱弁した。

「別役さんはすごいよ」

もちろん劇作家として、その戯曲の面白さも語ったが、さらにエッセイの話もし、それがいかにでたらめなことを書いているか、なに食わぬ顔をして、いかに別役さんが大嘘《おおうそ》を書いているかも語った。

「あんなでたらめな人はいないよ」

そう話したとき、少し離れた席で、一人の長身の男性が立ちあがった。背が高い。見覚えがある。そして長身の男性は私に向かって言ったのだった。

「よお」

別役さんだった。

「あ」と私は言った。

「久しぶり」と別役さんは言った。

そして別役さんはそのまま店を出て行った。

そうだ。別役さんは喫茶店で原稿を書く人だった。そのことをエッセイに書いてらしたことがある。しかし、そんな偶然が起こるとは思わないじゃないか。広い喫茶店だった。そんな近くに本人がいることをまったく想像していなかった。しかも至近距離だ。私が話す内容をすべて聞いていたのだろうな。「別役さんは別役さんは」と、うるさくてしょうがなかっただろうし、集中して原稿を書けなかっただろう。ほんとうに申し訳ないことをした。

ほかにも喫茶店で書くと知られている劇作家に、俳優としてドラマやCMにも出演する岩松了さんがいる。

ある喫茶店に毎日のように通っていた。長いときになると昼過ぎから夕方まで書き続けたことがあった。あるときだ。帰ろうとしてレジに行き伝票を出した。すると店主らしき男が岩松さんに言ったという。

「これっきりにしてくれる」

そりゃそうだろう。店主の気持ちもわからないではない。岩松さんに限らず、喫茶店を使って戯曲を書く劇作家は迷惑だ。コーヒー一杯で、何時間も粘り、ただただ、なにかを書いている。迷惑千万だ。それで岩松さんも、別役さんと同じように、さまざまな喫茶店を試し、落ち着いて執筆のできるお気に入りの店を都内にいくつか見つけた。

たとえばそれが、有名な渋谷の名曲喫茶だ。

古い建築は趣がある。名曲喫茶だけに、音楽は流れているが、周囲から話し声がほとんど聞こえない。集中して原稿が書ける。岩松さんは書いていた。無心に書いていた。音楽が流れる。筆が進む。そのとき、手に当たった消しゴムが、ことんと床に落ちてしまった。筆が止まる。消しゴムを探して、床に目をやると、親切な人がそれを拾ってくれる、その手が見えた。その人の手に消しゴムがある。顔を上げて、岩松さんは、その親切な人の顔を見た。

別役さんだった。

岩松さんは思わず、「あ」と声を上げた。

「よお」と別役さんは言った。

そして、別役さんは店を出て行ったという。茫然《ぼうぜん》としている岩松さんの手には、いま別役さんが拾ってくれた消しゴムがあった。つまりこういうことである。

「別役さんはどこにでもいる」

たいへんなことになっていたのだ。

ところで、最近、新宿から八王子方面に続く、甲州街道沿いのファミリーレストランがいくつか閉店し、跡地に回転寿司のチェーン店が次々と出来ている。かつてのファミリーレストランにはどこか夢があった。なにしろ「ファミリー」の「レストラン」だ。夢だ。夢のような世界だ。だが、不況は、そうした夢から人を目覚めさせる。そんなことをしている場合ではないとばかりに、「実利」が優先されるので、「夢」より「寿司」である。ネタが勝負だ。これからはファミリーレストランは次々と「回転寿司」になってゆくだろう。それを聞いた、やはり外に出て書くタイプのある大学教授が言った。

「回転寿司じゃ、論文が書けない」

大学教授だけに、論文である。劇作家は戯曲だし、小説家は当然、小説だが、執筆が仕事の人間は誰だって、回転寿司にはお手上げだ。なにしろ、回っているのだ。寿司が回っている。戯曲や論文なんか書いている場合じゃないだろう。

このところ私は自宅で原稿を書くので、ファミレスが回転寿司になってもべつに困らないが、かつて私が東横線沿線のある町に住んでいたころ、毎日のようにファミレスに行った。もちろん食事ではない。コーヒーを飲むためでもない。原稿だ。原稿の締め切りに追われて毎日のようにファミレスに行っていたのだ。すると、店員さんとも顔見知りになってしまうが、よくあるむかしの喫茶店とか、飲み屋とはちがい、店員さんと親しく言葉を交すことはファミレスにはない。けれど、深夜のファミレスでいつも会っている女性の店員さんと、まだ外が明るい午後、近くの商店街で、ばったり会ってしまったらどうしたらいいのか。なにか気まずい思いをする。見てはいけないものを見てしまったような気分だ。

「ファミレスの制服を着ていない店員さんの、昼の顔を見る」

そこにミステリアスな空気が漂う。真っ昼間の商店街が、その瞬間、べつの空間に変容する。そして私は店員さんを見て声を出すだろう。

「あ」

「ああ」と店員さんはものうげに答える。

そして、逃げるように去ってゆく。私は見た。見てはいけないものを見てしまった。ファミレスの店員の、昼の顔である。

3　都市伝説　―　「ツケのきくファミレス」

もう十数年前のある日の出来事だ。

そのころ私は、ファミリーレストランでよく仕事をしていた。いつものように原稿を書こうとその店に行った。すると、店長らしき男がやってきた。伝票を手にしている。それをテーブルに置いて穏やかな声で男は言った。

「これ、きのうの伝票です」

そのときになって初めて私は気がついた。その前日もその店に来ていたが、考えごとをしているうちに、支払いを忘れて帰ってしまった。だが、店長は信じていた。

「あの人は、きっとあしたも来る」

たしかに、店長の思った通りだ。「あの人」は来たのだ。なにくわぬ顔でやってきた。いつものように窓際の席に腰を下ろした。荷物が多い。本を手にしている。そしてなにか書き物をする。昼間、来るときもあれば、深夜のときもある。毎日だ。来ない日もあるが、数日経てば、また来る。きっと来る。たとえ支払いをしなくても、今度来たとき払ってもらえばいい。

やがて、その人はたしかにやってきた。

それが私である。

まんまと来たのである。伝票を渡すとその人は、びっくりしたように声を上げた。

「あ」

「お願いします」と店長は言った。

「きのうが考えごともしては、ついが、帰ってを、ちゃったんです」

そして私は、テニヲハを間違える。

ルート　12

1　思い出 ―「川勝さんはすごかった」

　エディターであり、ライターであり、いや、それだけでは言い尽くせないほど、多様な仕事をしていた、川勝正幸さんが亡くなられた。多くの人がコメントを寄せているので私が書くのはたいした話ではない。しかし、なにか言葉にしておきたいと思った。

　いまから二十数年前、川勝さんとよく仕事をしていたし、なにかの現場で会うこともしばしばあった。かつて私は、放送の仕事をしていたし、音楽業界の人たちとの繋がりも深かった。時として川勝さんとは、奇妙な場所で、奇妙な出会い方をすることがあった。

　ある劇団が、新宿コマ劇場の地下にあった、「シアターアプル」でイヴェントをやるからと、ゲストに呼ばれたのも、やはり二十数年前だったはずだ。楽屋に着くと、劇団の人から、「その衣裳《いしょう》をつけて舞台に出てください」と言われた。

見れば、バレリーナが身につけるチュチュである。こう、ひらひらした白い生地でできた短いスカートみたいな、バレリーナのあれである。「わかりました」と私は明るく返事をした。けれど、劇団の人の目を盗んで楽屋の外に出、誰にも見つからないようそっと劇場をあとにした。

なぜなら、チュチュなんか着たくなかったからだ。

恥ずかしいじゃないか。バレリーナの格好なんかしたくないよ。だが、せっかくゲストに呼んでもらったのに、いやだからという理由だけで黙って帰るのは社会人として正しい態度だろうか。いや、正しい。正しいはずだ。

だって、チュチュだぜ。

けれど、気が咎《とが》め、一応、劇場に電話を入れて「帰ります」と話したところ、劇団を主宰する方から、チュチュは着なくていいから来てくれと言われた。舞台に出てくれと説得された。それで私は普段着のまま、シアターアプルの舞台に立った。すると、すでに、私より先に舞台に立っている人が見えた。

川勝さんである。

川勝さんは、チュチュを身に纏《まと》い、バレリーナになっていた。

この人はすごい。ひるむことなく、その姿で堂々としている。えらいなあ。ほんとにえらいな。私にはできなかった。川勝さんはほんとうにすごい人物だったのだ。

2　弔辞 ─「さびしさのこと」

川勝さん。こんなに早くお別れの言葉を口にしなければいけないとは想像もしていませんでした。いまでも不思議な気持ちです。

その不思議さは、いろいろなことにありますが、たとえば、僕はなぜ、あなたのプライベートな側面をほとんど知らなかったのでしょう。あのころ、というのはつまり、八〇年代のある時期、仕事をいろいろ一緒にしました。それで毎日のように会っていたし、どれだけ、麹町《こうじまち》のアジャンタというインド料理屋で一緒に食事をしたかわかりません。けれど、あなたのことを僕はよく知りませんでした。お互い照れていたのか、ある距離から先まで踏み込んで話したことがなかった。

だから、亡くなられてからようやく生年月日を知りました。あなたは、僕より二十日ほど歳《とし》が上だったんですね。

けれど、あのころ、僕はすごく生意気だったので、川勝さんのことを、「さん」と敬意を持って呼びながら、ときとして厳しいことを面と向かって言いました。テレビの仕事のとき、川勝さんが書いてきた台本にきつい口調でダメを出したり、なにか演じてもらうとき厳しく演出しました。だけどよく考えてみれば、あなたにテレビに出てもらうことが、そもそもおかしな話でした。放送の仕事をするのは、あなたにしたらほぼ初めての時期でした。そんな人にきつい言葉で演出したり、ダメを出すのは、僕のほうがいかれていたんです。いまごろになって謝りたいと思うけれど、でも、川勝さん、やっぱり、あの演技はだめだったよ。

そして、八〇年代に僕たちがやっていた舞台、「ラジカル・ガジベリビンバ・システム」の公演の際、あなたはなぜか、客席をぎっしり埋めた観客を相手に、当時の演劇ではよくあった、「ちょっと詰めてください」というかけ声で、整理をしてくれました。そんなこと、頼んだ覚えはありませんでした。頼まれもしないのになぜそんなことをしていたのか、それもまた、いまとなっては不思議な話です。

あるいはラジカルのパンフレットも作ってくれましたね。いつもあなたの作るパンフレットは趣味がよく、しかも凝っていました。けれど、どこかでふざけていた。あなたらしいパンフレットでした。たとえば、数枚のハガキがセットになったものがありました。とてもきれいに仕上がりましたが、ハガキには、やはりオリジナルの切手を貼らなくてはいけない。みんなで死にものぐるいで貼りました。貼った、貼った。寝ないで貼りました。

たいへんでした。

しかも、売れなかった。

ほんとうに売れなかった。

でも、あのころの、僕たちの舞台を愛してくれたことを感謝しています。雑誌にも紹介してくれましたね。そして、わけもなく、観客の整理をしてくれる人なんて、そんなにいるわけないじゃないですか。

九〇年代に入って、僕は、あなたや、かつての友人たちのいる場所を離れ、まったく仕事をしていない時期がありました。だからそのころ、僕には友だちがほとんどいなかったけれど、あなたが声をかけてくれ、赤坂の韓国料理屋で開かれた新年会に参加させてもらったことがありましたね。遠くに逃げてしまったような僕を、まるで屈託なく、いつもの笑顔で迎えてくれました。

「宮沢君、この朝鮮人参《にんじん》がいいんだよ」

そう川勝さんは言って、それから下ネタに持っていったのではなかったですか。「元気出るよ、ぐふふふ」とかなんとか、にやっと笑って言った記憶があるのです。とてもうれしかった。その嬉しさを伝えることも、お礼のひとつもできないままになってしまいました。

そして、かつての友人たちと遠く離れてから始めた遊園地再生事業団の舞台にも、あなたは足を運んでくれました。ほんとうに頭が下がります。あなたが劇場を訪ねてくれることは、もうないのですね。それを考えると、悲しい、というより、なにか特別なさびしさを感じます。

ほんとうにさびしいです。

いつどこにいても目立っていたあなたの姿をもう見ることができないのです。悲しいのではないのです。さびしいのです。なにかとてつもない、さびしさの塊が、いまからだの中にあるのです。

だから、最後にもうひとつ、川勝さんに報告しなければならないことがあります。

来年の四月、僕は、いつもの舞台とは種類の異なる舞台をやります。その「作」と「演出」をします。そのことを川勝さんに真っ先に話したかった。

それは、二十数年ぶりに、シティボーイズや、かつての仲間と組んで作る舞台です。ほぼ、ラジカルです。コントをいっぱい書きます。徹底的にくだらないことをやります。とても不謹慎です。その仕事がはっきり決まったのが、あなたのニュースを知る三日前のことでした。川勝さんに話したら、どんな顔をするか楽しみにしていました。びっくりさせてやろうと思っていたんですよ。

きっとあなたは、それを聞いて、にやっと笑ってくれたでしょう。

でも、舞台を観て喜んでくれただろうか。もしかしたら、いやな顔をしたかもしれない。だけど、話したかった。伝えたかった。僕がいま、むかしのようにキレのいいコントを書けるかは不安です。舞台が失敗したら川勝さんがどんな顔で楽屋を訪ねてくるか、それも不安だった。

でも、観てほしかったな。

笑ってほしかった。

だから、残念です。悔しいです。さびしいのです。さようなら。

あのころの友人を代表して。

3　グルメ ―「川勝さんとお好み焼き」

なにか食べたいものがあると、川勝さんにお店を紹介してもらうことはよくあったし、同じ話を多くの人から聞く。

たとえば、渋谷の中華料理店の麗郷《れいきょう》があった。なにかといえば、麗郷だった。聞くところによると、川勝さんは、麗郷名物の腸詰めを地球三周分ぐらい食べたという。あるいは六本木の香妃園《こうひえん》で鳥そばもよく食べた。麹町のアジャンタには毎日のように通った。そこのテーブルに透明のガラス容器に入った辛い漬物があった。美味しいけれど、辛くてそんなには食べられなかったが、川勝さんはすごく食べた。ふと気がついたら、容器が空になっていた。

川勝さんはすごい。

やはりラジカル・ガジベリビンバ・システムの地方公演で大阪に行ったときだ。大阪は川勝さんのテリトリーではなかったのか、べつの人に紹介されて美味しいと評判のお好み焼き屋に行った。カウンターだけのこぢんまりとした店だが雰囲気がとてもよかった。

それで、みんなとわいわい話しているうち、こういう場所から、なにか新しい文化が生まれるかもしれないという話になった。

すると川勝さんがすかさず言った。

「これがほんとうのカウンターカルチャーですね」

うまいことを言ったのだ。

どう言葉を返していいかわからなかった。なにしろだじゃれじゃねえか。川勝さんはすごい。グルメでもあったが、下ネタも口にするし、だじゃれも言う。すごい人だった。恐ろしい人だった。日本のポップカルチャーをあれだけ小まめにチェックし、紹介した人はいなかった。

もう会えない。

ルート　13

1　美味礼賛 ―「ブータン料理」

しりあがり寿さんをはじめ、知人たちと代々木上原にあるブータン料理店に行った。いろいろな料理を注文し、料理が出てくるのを待っていると、一緒に行った鉄割アルバトロスケットというパフォーマンス集団の戌井《いぬい》君が、「ブータン料理って、ネパール料理に近いんですか」と言うのだが、その「ネパール料理」のことがわからない。「ネパール料理ってどんな料理なんだ？」と逆に質問すると、戌井君は私の言葉を無視し、「ブータンって、どこにあるんですかねえ」と言った。すると、「つりばか」と呼ばれるほどつりが好きな雑誌ライターのMが、「ヒマラヤのほうですか」と応えるのだが、「ほうって、なんだ？」と私は思った。

つまりこういうことだ。

「なにもかもわからない」

そして、私たちは、なにもかもわからないまま、ブータン料理を食べた。なにもかもわからないが、ブータン料理は辛くてとても美味しかった。

2　日常の疑問 ―「コインパーク」

なぜ、コインパークの自動料金精算機は五千円札と一万円札が使えないのかについて、ドライバーの多くは疑問に感じている。駐車料金を支払うとき、硬貨と千円札しか使用できない。利用者は、家を出るときからそのことに悩まなければならない。

千円札を持っていただろうか。

まだ部屋のドアを閉めたあたりだったらいい。「あ、そうだ、一万円札しか、俺、いま持っていないぞ。まずいな。千円札、取りに戻らなきゃな」と部屋にある千円札を探しに行く余裕がある。だが、車に乗ったらもう戻るのは面倒だ。そう考えると、どこまで行ったら、戻るのが面倒になるかはむつかしいところで、たとえば、マンションだった場合、エレベーターで下に降りはじめた程度なら、まだいい。一階に着いて、もう一度、取りに戻るのもそんなに苦ではないだろう。だが、いったん建物の外に出たらどうだ。そこになにか大きな壁があるように思える。

なぜなら外に出てしまったからだ。

外に出てしまった人は口にする。

「俺は自由だ。なにものにも束縛されない」

建物の外と、そうではない空間が人に与える心理的な影響はとても大きい。外に出てしまったら、「戻る人」ではなくなる。自由人だ。野に放たれた者だ。外に出てしまった途端、人は次のような者になる。

「家のなかの千円札を探すような小さなことなどどうでもいい大人物」

そうなんだ。誰だって、大人物になりたいのだ。ちまちま千円札のことなど考えてはいられないのだ。まして車の駐車だよ。コインパークだよ。千円札だよ。あんなもののために、外に出た人が、いちいち家に戻るのはおかしいじゃないか。

さて、コインパークで料金を支払う事情について、詳しくない方のために解説をする必要がある。なぜ「千円札」を問題にするのか。そこには恐るべきことが待っている。よしんば三千円ぐらい財布にあったとしよう。千円札が三枚もあれば大丈夫だろうと人は安易に考える。だが、そんなのはまったくあてにならない。あてになるものか。

思いのほか料金がかかるときがあるんだよ。

しかも千円札しか使えない。

たとえば、五千円以上になったとしたら、千円札が五枚必要だ。なぜ五千円札を利用できないのか。一万円札なら釣りがくるのに、かたくなに、あのコインパークの、料金精算機の野郎、それを厳守する。

「五千円札や、一万円札は、私みたいな者にはいけません、ちょっと、どうもあれなんで」

なぜ、機械のおまえがそんなところで謙虚になるのだ。

いくつか一万円札や五千円札が使えない事情を聞いたことがある。たとえば機械を壊されると、中に多額の紙幣があって盗難の被害が大きくなるなど、たしかにそうだろうが、そんなの知ったことか。なにしろ、利用者が気をつかい、まめに千円札を用意しなければならないのだ。いわば小さなことをいちいち気にしていなければならない。繰り返すが、人は「大人物」になりたいのである。豪快な生き方をしたい。細かいことなど気にしないで生きたい。だが、コインパークはそんな人の夢を破る。車に乗るたび、そのことを考えていなければならないのだ。うっかりそのことを忘れて車に乗り、そして運転中に思い出す。

「待てよ、千円札、持ってたかな。コインパークがなあ、払えないとしたらだよ、まずいぞ、まずいよなあ、うーん、千円札がだなあ、ないとなあ、うーん、じつにこれはまずい」

気もそぞろである。運転も危険である。つまりこういうことだ。

「千円札は危ない」

たしかに人の生にとって、どうでもいいことだ。東日本大震災の被災者のことや、原発のことを考えたら、どうでもいい話だ。だが、そんな具体性のなかにも人は生きている。ほんとうにつまらないことに心を砕き、その繊細な日常の隙間に人は存在する。

大人物はどこに行ったんだ。

いつでも財布に大量の千円札があるという、また異なる種類の「大人物」、というか、どうかしてしまった人なら問題はない。

「大量の千円札を常に持っている人」

どんな人間だ。

それでも、まあ、人はたいてい一枚か、二枚は千円札を所持しているだろう。だが、すでに書いたように、コインパークのなかには、法外な値段をふっかけてくるところもある。赤坂がそうだった。青山もそうだった。西麻布もそうだ。これがたとえば、八千円だったらどうするつもりだ。だったら、コンビニにでも行って、簡単な買い物をし、細かくすればいいと人は安易に考えるのではないか。

それは、ほんとうに安易だ。

コンビニで一万円札を細かくするのにどれだけの苦労があると思っているのだ。まず、幾らの商品を一万円札で買ったら迷惑にならないか考えるのが面倒だ。百二十円の缶コーヒーで許してもらえるだろうか。「一万円?」と店員に怪訝《けげん》な顔をされるのではないか。あるいは、一万円札を出そうと思って、一枚だけ持っていた千円札が店員に見つかり、それを出さなければならない羽目になるかもしれないじゃないか。もっというなら、うっかり財布から、なぜか百二十円が飛び出してしまうかもしれないのだ。「ちょうどですねえ」と店員のうれしそうな声が聞こえてくるようだ。

コンビニで私は呻吟《しんぎん》する。

「一万円札がうまく崩せない」

そもそも、コインパークがいけない。硬貨のほかは、千円札しか使えないという、あのわけのわからなさがいけない。なぜ私は、そんなことに気をつかうのだ。この生活のどうでもいい具体性はなにごとだ。

3 趣味―「文鳥を飼う」

知人に文鳥を飼っている人がいる。名前を呼ぶと、チチチと鳴いて、向こうから飛んできて手に乗るという。話を聞いた野々村は文鳥を飼ってみたいと思った。けれど、家には猫が三匹いるのだった。文鳥と猫を同居させることはできるだろうか。

野々村は知人に相談した。

「だめですね。猫が黙っちゃいませんよ。飛びついて文鳥を捕まえるでしょう。すごいですよ、猫の狩猟本能は」

そうなのだろうな。猫のことはよく知っている。放し飼いにしていた猫が、ヤモリを咥《くわ》えて家に戻ってきたことがあった。鼠《ねずみ》を捕まえたこともあったし、夏になって虫が飛ぶと、素早い動きでそれをたたき落とす。

文鳥と猫の同居は無理だ。

たとえカゴのなかに保護し、手出しができないようにしても、猫がじっと見つめ、ストレスでカゴのなかの文鳥が死んでしまうかもしれない。やはりだめか。猫もいい。文鳥もいい。こんなにかわいいものを一緒に飼うことは無理なのか。仲よくやることはできないか。だが、それでも飼いたいと野々村はなおさら思った。

そこで考えたのだ。

「猫に隠れてこっそり文鳥を飼う」

つまり、猫をけっして入れないように隔離した部屋で、文鳥をこっそり飼うのである。

こっそりだ。絶対に気づかれてはいけない。なぜそんなに猫に気をつかうのか野々村自身にもよくわからないが、なにがなんでも文鳥が飼いたい。だが、まず文鳥を家に連れてくるとき、チチチと鳴いてしまったらどうするかである。猫が聞き逃すはずがない。ちょっとした物音に鋭く反応するやつらだ。しかも三匹だ。

だったら、日ごろから、チチチと自分が声を出しているというのはどうか。家に帰るときは必ず、チチチと口にする。すると猫は「チチチ」という声を聞いても、文鳥などと気づかず、ああ、いつものことだな、あの人がチチチと音を出してるんだろと思うにちがいない。

そして布かなにかで、カゴを覆い、何食わぬ顔で文鳥を家に運ぶ。チチチと文鳥は鳴くが、猫は気づかない。そうなったらもうこっちのものだと野々村は確信した。猫の出入りを禁じた部屋で文鳥を飼う。こっそりだ。油断は禁物である。家に文鳥を連れてくることができても、その後、油断して猫に気づかれてはなんにもならない。名前を呼んで、仮に、ぴーちゃんとするが、ぴーちゃんと呼ぶと、向こうからそのぴーちゃんが飛んでくるのである。素晴らしいアイデアだ。

こうして文鳥と猫が飼える。

だが、野々村は考えたのだ。こそこそ、文鳥を飼うことについてだ。なぜ、こそこそしなくてはいけないのか。そして想像する。こそこそ文鳥を飼っている自分の姿である。猫に気づかれまいと、小声で文鳥に、ぴーちゃんと声をかけている。こそこそしている。おびえている。おそれている。震えているのだ。
文鳥ごときでだ。
猫のことでだ。
なんだそれはと、野々村はつくづく思った。

ルート14

1 鉄道便り ―「京王線の巻」

東京にある私鉄会社のひとつに「京王電鉄」があり、京王線はその一路線だ。新宿と八王子を結び、特急に乗ると、それを四十分で走る。JR中央線もやはり新宿八王子間を結んでいるが、特別快速がほぼ同じ時間で走るとはいえ、JRは京王線より料金が百二十円も高い。しかも、いつだったか、高架工事かなにか、とにかく工事がすべて終了したと、京王線は料金を下げた。こんなに素晴らしい鉄道があるだろうか。まして、数年前の夜十一時過ぎ、踏切で自動車と電車が衝突する事故が発生したときはすごかった。素早い対応で翌朝の六時過ぎには運行を再開した。すごかった。京王の作業員の熱意は生半可なものではない。汗だくになって朝までに復旧しようとがんばったのだ。

だから、京王線の旅は素晴らしい。

新宿から特急電車に乗ってみよう。「特急」と言っても、べつに、食堂車があるわけではない。車内販売があるわけではない。派手なものはなにもない。ただ速いだけだ。小田急のロマンスカーとは意味がちがう。このいさぎよさこそが京王線だ。

新宿を出て、まず最初に着くのは「明大前」だ。

ある年長の知人と京王線に乗っていたのは、もう三十年以上も過去のことだった。知人は不意に、「明大前はよくできてる」と奇妙なことを口にした。なにがよくできているのか、知人はなにを発見したのか、黙って次の言葉を待っていると、こんなことを言ったのだ。

「明大の前にある」

ここで言う、「明大」は、明治大学のことだ。あたりまえのことを口にしていると思って驚いたが、すぐに知人も気がついたらしい。「あ、だから、明大前か」と言った。

なにを言い出したのだ。

これを、ひと続きの呟きとして書き出すと、次のような、わけのわからない言葉になる。

「明大前はよくできてる。明大の前にある。あ、だから、明大前か」

特急電車はさらに走る。

次に停《と》まるのは調布駅だ。車窓から見える風景は、いかにも郊外だ。都内とはいえ、ところどころに農地さえ見える。次が府中だ。私が学生のころ住んでいたのは府中よりひとつ手前の東府中駅の近くだった。よく府中まで歩いた。府中市立図書館で本を借り、街の古書店で目に留まった本を手にし、喫茶店でそれを読んだ。

面白い話なんかなにもないよ。

しょうがないじゃないか。なにしろ府中なんだ。次の駅は、分倍河原だ。こう書いて「ぶばいがわら」と読む。だからって面白いかって言うと、べつに面白くはない。だいたい降りたことがないので、どんな街か知らない。そんな分倍河原だ。しょうがないじゃないか。駅名の意味なんか知るものか。音が変だよ。「ぶばいがわら」だ。それだけだよ。

なおも電車は走る。

次に特急が停車するのは、聖蹟桜ヶ丘だ。降りたことがない。名前はよく知っているが、聖蹟桜ヶ丘の、その「聖蹟」がなんのことか私は無知だ。次が高幡不動だ。おそらく高幡不動が近くにあるんだろうさ。そうに決まってるじゃないか。なぜなら、高幡不動だからだ。

そして、北野を出ると、あっというまに終点だ。

京王八王子駅に到着する。

それだけだ。京王線の旅は短いんだ。四十分で着いてしまう。同じように新宿から出ている小田急線は、その名が示すように神奈川の小田原まで延びているし、西武新宿線は、埼玉の川越あたりまで行く。京王線は都内で終わりだ。行けども行けども東京だ。それが京王線の旅だ。面白いことなんかなにもなくていいんだ。なにもないことがいいことなんだ。

乗客を無事に目的地に運ぶ。その安定感こそ、京王線の美しさだ。

2　都市論 ― 「東京のアンダーグラウンドを見る」

べつに「アンダーグラウンド」だからといって、「地下」のことではない。もちろん文字通りの、「都市の地下」も興味深いが、もっと文化的な意味においてアンダーグラウンドをどう見つめるか。

大学でいくつかの授業を担当しているが、なかでも今年、というのは二〇一二年のことだが、力を入れたいのは、「都市空間論演習」という授業だ。学生にいくつか参考文献を示した。なかでも都築響一《つづききょういち》さんの『東京右半分』の魅力をどう学生に伝えたらいいだろう。この面白さを、彼/彼女らは、わかってくれるだろうか。それを解説する、というか、なにが面白いか伝えるというのはつまり、「住みやすくて美しい都市」とはまた異なる、都市のアンダーグラウンドにわけいっていくことだからだ。怖くてたまらない。

ほんとうは見たくはないのだ。

だからこそ、興味をひかれる人の不思議さが都築さんの本にはある。

六本木にある巨大な商業施設が計画されたとき、周辺にある、SMクラブなど風俗店を立ち退かせたという噂を聞いた。近隣の環境を、いわば「クリーン」にすることで、商業施設周辺のイメージを上げようという目論見《もくろみ》だったと噂は語るが、そんな街が魅力的か。生きた街と言えるのか。生き生きとした街は混沌《こんとん》としている。『東京右半分』はそのことを教えてくれる。ページを開いてすぐに目に入るのは次のような見出しだ。

「浅草ふんどしパブ潜入記」

まったくおぞましい。なにしろ、「ふんどし」である。「パブ」である。そして「潜入」するのだ。まったく未知の世界だ。都築さんは書く。

「大麻好きにアムステルダムがあるように、レイブ好きにイビサがあるように、ふんどし好きには浅草がある。浅草は日本ふんどし界の聖地でもあるのだ」

そうだったのか。知らなかったよ。だからといって、知るべきかどうかよくわからない。そして、浅草にはあまり行きたくないような気持ちにさせられた。

それで思い出したのは、高校のときの体育の授業だ。私の高校は静岡県の浜松市にあった。古い学校だった。そして浜松はその名前が示すように海も近く、泳げない者はもうその時点で人間として失格の烙印を押される。一年の夏だ。初めての水泳の授業だ。いまでは、それがなんだったかよくわからないが、伝統的に一年生はふんどしで水泳の授業を受けることになっていた。プールサイドに男子だけ集められた。教師が来ない。私たちは待った。しかも、片手に水色のふんどしを手にしていた。しばらく待っていると驚くべきことが起こった。

素っ裸の体育教師がゆっくり歩いて来る。

意味がわからないのだ。なぜ素っ裸でなくてはならなかったのか。それから教師は私たちの前に仁王立ちし、ふんどしを肩にかけると、「では、これからふんどしの締め方を教える。みんな真似して締めるように」と言った。仁王立ちである。素っ裸である。要するに丸出しである。そして、私たちも素っ裸になって教師の真似をした。

意味がわからないのだ。

それでいまでも私はふんどしを締めることができるが、高校以来、ふんどしを締めていない。なぜなら、そういう機会がなかったし、まあ、単純に恥ずかしいと思っていたからだ。だが浅草は「ふんどしの聖地」だ。そして、「ふんどしパブ」すら存在するのである。

知人にも「ふんどし愛好家」がいるので、それを否定はしない。あるいは、それを単純にゲイと結びつけるようなこともしたくないものの、ふんどしを締めてスナックに集まることはないと思うのだ。

いったいそこになにがあるのか。

なにを求めて人は「ふんどしパブ」に集まるのか。やはりゲイの匂いがする。いや私は、けっして性的マイノリティを否定はしない。むしろ肯定する。だから大事なのは、あの巨大な商業施設が建設された六本木にこそ、「ふんどしパブ」が開かれるべきだということだ。それが都市の魅力だ。わけのわからない混沌のなかに都市の得体の知れないエネルギーが出現するにちがいない。

いまや、どこに行っても、店舗のデザインが深い緑色を基調にしている、例の、あのコーヒーショップを見つけることができるが、すべての駅前に「ふんどしパブ」があってもいいじゃないか。「カラオケ館」の代わりに「ふんどしカラオケスナック」があってもいいし、「ブックオフ」より「ふんどしパブオフ」があるのが魅力的な都市ではないのか。

けれど「ふんどしパブ」は駅前にはできない。

住宅街にもできないし、ショッピングモールの中に出店することもない。都市のアンダーグラウンドにあってこその「ふんどしパブ」だ。それこそが都市だ。明るい場所があり、ごくあたりまえの日常があり、健全で清潔な生活があり、その陰に、よくわからない世界が見える。その面白さだ。都市の奥行きだ。興味深さだ。

もちろん、愛好家たちにとっては「ふんどしパブ」こそが、〈健全な空間〉にちがいない。

3　研究――「演劇における衣裳の意味、あるいは、身体のラッピング」

多くの演劇は、大半が俳優は衣裳を纏うことになっている。たとえば記号としての衣裳は、きわめて説明的に「役」と呼ばれる人物像を表象しようとする。かつて私が書いた『14歳の国』を、ある新劇系の劇団が上演した。あいにく私は見られなかったが、あとで知ったのは、登場人物が、全員、教師という設定だったせいか、なぜか俳優が眼鏡を掛けていたことだ。全員が眼鏡だったという。目のいい教師がいたっていいじゃないか。たまには眼帯をした教師もいるかもしれないじゃないか。頭に包帯を巻いている教師がいてもいいし、松葉《まつば》杖《づえ》の教師がいてもいい。戯曲には、衣裳のことなどなにも指定していない。

だったら、ふんどしはどうだ。

いるかもしれないじゃないか。ふんどしの教師だ。ふんどし先生と呼ばれているのだ。いたっていいじゃないか。

ルート15

1 折々の思考 ―「ノートを開けば」

事情があって、今年中に大量のスケッチを書くことになった。〈スケッチ〉という言葉が適切でなければ、寸劇とか、コントと書いてもいいが、ともあれ、そうしたものを書くためにノートに思いついたことをメモしている。こんなことは、もう二十年以上していなかった。エッセイのためにメモを取ることもなかったし、しばしば、なにかの出来事を目撃し、このことは今度、なにかに書こうと思うが、たいてい忘れる。だったらメモを取るべきであり、かつてはそうしていた。すっかり怠けていたのだ。

けれど、そうしてノートに書き留めているうち、思いつきをメモするのが楽しくなってくる。ノートといっても、iPhone のアプリのメモ機能だ。さっと起動させて入力する。ポケットから iPhone を出して片手でメモができる。メモを取るようになってから三ヶ月ほど経ったが、もう百以上の思いつきが iPhone に記録された。なんでもいいんだ。ちょっとしたことでいい。とにかくメモしておく。

たとえば、こんなことを私はある日、思いついたらしい。

「振り込め詐欺、直接、来る」

なぜこんなことを思いついたのかわからない。なぜかそう考えたのだ。振り込め詐欺が、直接、家に訪ねてくるのである。それでどうなるのだろう。家に唐突に見知らぬ男が訪ねてくる。

「いま事故しちゃってさあ、三十万円ぐらい、銀行に振り込んでほしいんだけど」

「どなたですか」

「孫だよお」

そんな会話が展開するのだろうか。

「直接、お金を渡しちゃいけないんでしょうか」と家の者は言う。

すると男は、困ったように、「銀行じゃないとさあ、ちょっと、あれなんだよなあ。なんせ、振り込めの、例の、あれだからさ、こっちはさあ」と応える。

よくわからない。

ほかにもメモはある。まだ大量にある。すべてスケッチにしたら二十四時間分あるかもしれない。

「なにかあったら、銃で撃ち殺す」「ゾンビを差別しない運動」「原発を見に行く」「ゴダールが演出するコンビニを舞台にしたショートコントの稽古」「どんなに内容がなくても、ゆっくり話すともっともらしく聞こえる」「膝が悪い人たちが大勢いる」「蟹《かに》を手にして入って来る」「そば打ちを趣味にしてしまう年齢だ」「スナック熱海《あたみ》」「佐竹という名の自衛隊員。ポップカルチャー好き」「いまそこで、インディオの人に道を教えたよ」「マツコ・デラックスをどう胴上げしたらいいのか」「東京電力からのお知らせ」「3Dじゃないと出ない役者」「間違った場所に出店したスターバックス」「不発弾処理をしていたら財宝が見つかってうれしい」

なにが面白いんだ。

しかし、なんでもメモしなければだめだ。読み返してみるとなにが書いてあるのか私だってわからない。けれど、この思いつきにヒントがあるかもしれないじゃないか。なにか思いついたらメモだ。忘れないためだ。なんのためにメモしたのか、どんな意味があってこれを書いたのか、それももう、忘れているけれど。

2 出来事 ―「夜十一時過ぎのファミレスが混んでいる」

その日、というのはつまり、二〇一二年の四月の半ばで、夜も、もう十一時を回ろうという時間だ。知人と外で食事をすることになったが、べつに特別な食事ではない。空腹を満たせばそれでよかったし、クルマで移動していたので、どこか駐車場のある場所がいいと、走っていた途中で最初に見つけたファミレスに入った。夜の十一時過ぎだ。月曜日の夜だ。だが、ファミレスはほぼ満席だった。

なにか得体の知れない空気を私は感じた。

ここにはなにかある。こんな時間に満員のファミレスとはいったいなにごとだ。なにかがおかしい。どうかしている。少しお待ちくださいと、店員に声をかけられ、レジの近くにあるベンチで待った。こんなことも最近では珍しい。ほどなく席に案内されたが、二人が座ってやっと食事ができるほどの小さなテーブルだ。左右は、女性の二人連れがなにか興奮したように話している。私はまだ、なにが起こっているのか理解していなかった。空腹だったし、それを満たすほうが先だ。

注文し終えて、少し落ちつくと、ようやく隣の席の女の言葉が耳に入った。

「往年の名曲はCD通りにやってほしいよね」

なんのことだろう。だが、ここに手がかりがある。大きなヒントがある。なにしろ、「往年の名曲」である。「CD」である。

そう思って、ようやく気がついたのは、そのファミレスが初台のオペラシティのすぐ裏手にあることだ。なにかコンサートでもあったにちがいない。それにしてもずいぶん遅い時間だ。そして、ファミレスを満員にする客の大半が女性なのも、こんな時間にしては珍しい。

ふだんだったら、奇妙な人が目立つのが夜のファミレスではないか。

「呼び鈴を持ちこんでいる客」

驚くべき客がいたのだ。どこのファミレスも備え付けのボタンを押すと店員が来るのはよく知られたサービスだが、その客は、ホテルのフロントにあるような、ホテルマンを呼び出すためにチーンと鳴らすあの呼び鈴をファミレスのテーブルの上に置いていた。意味がわからない。何度も呼び鈴が鳴る。呼び鈴を鳴らして店員を呼び、水を頼む。いったいなんのつもりだ。

だが、それがこんな時代のファミレスだ。

「大量の新聞をテーブルに並べて同時に読んでいる客」

勉強熱心なのだろうか。そんなに社会に通じたいのだろうか。政治を問いたいのか。世界の情報に精通したいのか。わからない。けれど、それこそがファミレスの醍醐味だ。

だが、その日はちがった。奇妙な客たちの影も薄い。満員の女性客に圧倒されて、奇妙な行動も目立たない。

そんなことを考えていると、またべつの言葉が、違う方向から聞こえた。

「マルエツのヒール、高かったよね」

なんのことだ。マルエツは、高いヒールを履いているのだからおそらく女性なのだろう。さすがに女性の客だ。細かいところを見ている。またべつの女の話し声が耳に入った。

「すごく大勢のメンバーがいるの。知らない？　楽器演奏する人だけじゃなくて、踊る人もいるのよ」

声のするほうを見たが、話を聞いている女はそのバンドのことは知らないようだった。

「百人くらいいるよ、たしか」

すごいバンドじゃないか。渋さ知らズか。だが、一人の女が知らないというくらいだから、いま見たバンドの話ではないだろう。そして、あちらこちらから声が聞こえる。

だが、肝心のその人の名前は出て来ない。

年齢も微妙だった。

アイドルのファンにしては少し大人だと感じた。派手ではないがみんなお洒落《しゃれ》だ。といっても高齢ではないので、最初に耳にした「往年の名曲」という言葉がどうもそぐわない。しかも「CD通りにやってほしい」という熱心なファンだ。懐かしのメロディーを語るような歳でもなさそうだが、名前のわからない誰かについて夢中になって話している。それは、なんらかの、特別なライブだったのではないだろうか。

なにがあったのだ。

誰のコンサートだ。

注文した料理がテーブルに来た。だが、疑問ばかりがふくらみ、なにを食べているのかよくわからなくなっていた。わからないのだ。味もわからない。食べているあいだ、声は四方から響くが、なにを話しているのか理解できない。空腹を満たし、ファミレスをあとにしたが、なにか釈然としない気持ちで外に出た。クルマを走らせた。知人になにか話しかけられても、返事は虚《うつ》ろだ。気になっていた。誰のコンサートだったのだろう。そして、あの女たちは誰のファンだったのか。わからない。ほんとうに、なにもかもわからない。

3　便り――「新しいお店」

私が生まれたのは静岡県の掛川という土地だ。もう二十年近く前、かつてあった城が復元され、市街地も「城下町ふう」に整備された。そんななか、いまでも母が一人で住んでいる家の近くに奇妙な店が出来ていた。幟《のぼり》があった。不思議な文字が記されていた。

「戦国グッズ」

なにかいやなものを感じた。

いやな予感がする。

なにしろ、「戦国」の「グッズ」である。意味がよくわからない。けれど、たまにしか帰らないとはいえ私の故郷だ。なにがあっても許そうではないか。少々のことで怒ってもしょうがない。むしろ、私は故郷を愛している。なんだっていいじゃないか。「戦国グッズ」を商うお店があってもいいじゃないか。城にあやかって商売してなにが悪いのだ。

そして、いやな予感は的中した。

お店の人が忍者の格好をしている。

たとえ「戦国グッズ」の店とはいえ、そこまでムードを盛り上げる必要があるだろうか。というより、むしろ逆効果になるように感じる。店には戦国グッズが並んでいる。兜《かぶと》がある。刀がある。手裏剣がある。どこに飾ればいいのだ。誰が買うのだ。戦国マニアがそんなにいるとも思えない。心配だ。次に帰郷したとき、その店はまだあるだろうか。

それにしても、忍者の格好はどうかと思うのだ。

少なくとも小沢健二は忍者の恰好はしない。

ルート 16

1 今月の目標 ―「約束は守る」

解説：人と人の関係において、約束を守るのはごく基本的な決まりごとだ。親が子どもに、なにかを買い与えると約束したら、それを守らなければ子どもの信用を失う。ひどい場合には子どもは反抗的になるだろうし、将来が心配だ。守らなければいけない。

さまざまな約束がある。たとえば「締め切り」もそのひとつだ。

どんな仕事にも締め切りはある。締め切りを守らないと、「あの人はだめだ」と評判は下がるし、次から仕事が来なくなることだってある。守らなくてはいけない。人間として間違っている。ところが、原稿が五本、すべて同じ日に締め切りだと、三日前になってようやく気がついたらどうするかだ。ぜったい間に合わない。そこで言い訳を考える。うまく言い逃れができればこっちのものだ。「きのう、牛が家に来ましてね、牛乳はいりませんかと言うので、いや、そんな、ダイレクトにあなたのような牛からもらうのは、ちょっとあれですしと遠慮し、困惑していると、牛がモウと鳴いたので、原稿が書けなかったのです」と、見事な演技で語れば、なんとかなるだろうか。真に迫った演技だ。

だめだ。どんなにもっともらしい芝居をしても、言ってることがでたらめである。

もっとうまい嘘はなかったのだろうか。だったら家族を出せばいいだろうか。だが、人はうっかり、「死んだ父が」と言ってしまうものである。その時点で、もうだめだ。なにしろ六年前に死んでいるからだ。死んでいる人の話をしてもしょうがないじゃないか。その先、どう言葉を続けたらいいだろう。

「死んだ父が……またあらためて死にまして……父も驚いていましてね……二度死ぬなんてなあ、と申しまして」

だめだ。なぜなら、でたらめだからだ。

2　書評 ―「久しぶりに出会った本」

かつて私は、「彼岸からの言葉」という連載をし、その後、単行本にもなったが、それからもう二十年以上になる。連載のなかで発見した本の一冊が『馬鹿について』だ。高田馬場の古書店街で見つけた。ドイツの人類遺伝学者ホルスト・ガイヤーが著した本で、べつに冗談でこんな書名にしたのではない。まして翻訳者がふざけているわけでもないが、それにしたって、『馬鹿について』という書名はいかがなものか。奥付に「昭和33年12月5日発行」とある。もう六十年近く過去の本だが、内容はいたってまじめだ。きちんとした人文書だ。だが、第一部のタイトルを目にして複雑な気持ちになった。

「知能の低すぎる馬鹿」

なんといっていいか、初めて目にしたときもそうだったが、いまこうして書き写しても、この「表現」をどう考えていいか困惑する。どこか配慮に欠けていないだろうか。古い本だ。その時代、こうした言葉について、いまほど慎重ではなかったのがうかがえる。だが、これを「配慮に欠けた言葉」と感じることがそもそも偽善かもしれない。「馬鹿」は「馬鹿」と表記する。この翻訳者の態度こそが立派ではないのか。

第一部第二項のタイトルにも驚く。

「馬鹿とは何か、また馬鹿には何がしてやれるか」

どこからものを言っているのだ。いったい、おまえは何様だという気分になるが、この態度こそが正しいのかもしれない。『馬鹿について』を発見したときの驚きから二十年以上が過ぎた。最初に出会ったときの衝撃をいまだに記憶しているが、つい最近、また新たな本に出会った。やはり書名がすごい。

『異常性格の世界』

精神医学を専門にしている、西丸四方先生の著作だ。そして本書は、精神医学の世界では古典とされていると人に教えられた。一九五四年に第一版が出て以来、版を重ねている。私が手にしたのは、一九九六年の四月に刊行された「第3版第7刷」だ。多くの人に読まれている。

けれど、これをどう受け取っていいのだろう。「増補改訂新版」と記された『異常性格の世界』には、表紙の下部にサブタイトルのような文字がある。

「変り者のさまざまな像」

つまり、「変り者」についての本だ。どこか『馬鹿について』に似ている。なにしろ、目次を見ると第一章が「変り者について」だ。発行年にあたれば明白なように、本書『異常性格の世界』のほうが、『馬鹿について』より先に出版され、つまり、ホルスト・ガイヤーの著作を翻訳するにあたって、本書を参照したと推察できる。『馬鹿について』が、「馬鹿」のことを扱っているとしたら、こちらは「変り者」だ。いったい「変り者」という言葉は、ここではどんな意味で使われているのだろう。

まず西丸先生は書くのだ。

「世の中には変り者がたくさんいる」たしかにそうだ。たしかにそうだが、いきなりな書き方である。

「おそらくわれわれの周囲にいる人の十人に一人はひどい変り者であろう」まあ、それもわからないではない。このあと、変り者について例をいくつかあげる。ギャンブルに夢中になる者や、犯罪者はわかるが、「百万円ひろって猫ばばをきめる人も、十円ひろって警察に届ける人も、変り者である」とあって、こうなるともう、たいていの人は変り者になってしまう。本書は、入門書のように平易な文体で書かれ、私のような門外漢も、本書で書かれる「変り者」についてさまざまに教えられるが、この「たいていの人は変り者ではないか」という疑問は、その目次にも同様に抱く。

目次に各項目のタイトルがある。

「小心者」「ふさいだ人」「朗らかな人」「不機嫌な人」「のらくら者」「熱心家」「冷たい人」「ひねくれ者」「邪推深い人」「くどい人」「勘の人」「うそつき」「夢みる人」「哲学者」「おろかな人」「天才」「わけのわからぬ人」「異常性欲者」

だいたいの人間はどれかにあてはまるのではないか。だが、その度合が問題なのかもしれない。「天才」はいいことだと思うが、たしかに変り者と言っていい部分もあるだろう。誰だって「小心」だ。けれど、それが極端だったら変り者だ。だったら、「朗らかな人間」のなにがいけないのか。

まず本書はその肯定面を書く。

「これは神の恩寵《おんちょう》を受けた人間だと憂鬱な人間は言うであろう。愉快で、体の調子はいつも上乗で、いくら仕事をしても疲れを知らず、力が満ち満ちている」

いいことばかりではないか。だが、否定面もあるらしい。

「しかし傍《はた》の者にとっては必ずしも良い人間と思われるとは限らない。おしゃべりでうるさいし、干渉好きだし、軽率で無遠慮だし、頓知や洒落《しゃれ》が多くて深いまじめさがない」

肯定面だけを読めばよかった。たしかに、そんな人がそばにいたら面倒だが、自分のことを言われているようで申し訳ない気分にもなる。なにしろ私は「おしゃべりでうるさい」。

さらに、こう書かれる。

「人生の本当の意味など考えてみたこともあるまい」

俺のことか。俺がそうなのか？　決めつけられるのだ。そして、「そんな話を持ち出せば、そんな不景気なことは考えずに一杯やったほうがいいではないかといった調子である」とまで言われて非難される。こうなると、「朗らか」なのも考えものだ。人生についてまじめに考えていないと思われてしまうのである。私は「朗らか」なつもりだが、これまで一度だって、「そんな不景気なことは考えずに一杯やったほうがいいではないか」と口にした記憶はない。

というか、言うわけがないじゃないか。なにしろ酒が飲めない。「朗らかな人」は酒が飲めないとだめなのか。だったら私は「朗らか」ではない。「ふさいだ人」や「不機嫌な人」なのか。そうでなければと願うしかないし、「冷たい人」「ひねくれ者」「邪推深い人」もいやだ。だったら私は、「わけのわからぬ人」になりたい。

そのほうがずっとすっきりすると、そのタイトルだけを見て思った。なにしろ、「わけのわからぬ人」だ。すごいじゃないか。では「わけのわからぬ人」とはどんな人物なのだろう。本文を読んでみよう。

「人間にはそのなすことということ全体から見ると何かまとまったひとつの態度が背後にあることが他から見て取れるのが普通である。だから学校の先生が副業に暴力バーをやることはまずないし、もしそんなことがあれば変だと思う。ただし代議士先生が暴力バーを開いていても変とは思わない」

なにを言っているのだ。

まあ、なんとか理解しようとするなら、人は誰でも言動に不一致があり、それが「わけのわからぬ」という状態になるのだろうが、さらにそれが病的だった場合のことを西丸先生自身の体験によって記しているのだろう。

「精神病になると、こんなばらばらな、わけのわからない態度がいちじるしくなる。私は先生が大好きですといって、いきなりなぐる。私は世界の皇帝だといいながら便所の掃除をする。先生は私を殺すんですね、ちゃんとわかっています、といいながら笑って肩をもんでくれる」

やはりそうだった。

私は、「朗らかな人」や「不機嫌な人」、あるいは、「のらくら者」や「熱心家」ではなく、「わけのわからぬ人」になりたかったのだ。でたらめさが魅力的である。いや、そもそも私は、「わけのわからぬ人」である。

3　記憶　―「十円を警察に届ける」

そうだ。私は子どものころ、拾った十円を警察に届けたことがある。それで警察官に誉《ほ》められパトカーに乗せてもらった。どのボタンを押すとサイレンが鳴るか質問したが、警察官は、「教えると、おまえは押すからだめだ」と教えてくれない。ぜったいに押さないと私は何度も言った。押し問答になった。根負けした警察官が、仕方なくこれだと教えてくれた。その瞬間に私は押した。

子どもはそうだ。わけがわからないのだ。

ルート17

1　乗り物批評――「エレベーター」

大学で私が使っている個人研究室は八階にある。

授業がもう始まってしまうという時間、たしかに、もっと準備を急げばよかったが事情があって遅れたときに限って、なぜか、六階あたりで停まったまま、エレベーターが来ないときがある。なぜかそこで停まっている。いっこうに動かない。なにがあったというのだ。時間がないのだ。授業だ。苛立つ。このまま、階段をものすごい勢いで駆け下り、六階でエレベーターを停めてるやつを殴ってやりたい気分にもなるではないか。だが、私も常識人である。エレベーターを待った。すると、なぜか、男女が二人乗っていたものの、しかし私がいる八階で降りる気配がない。どうやら、六階あたりで乗ったものの、下に行くと勘違いしたエレベーターは意に反して上に向かったのだろう。仕方なしにそのまま乗り、そして八階まで来て、あらためて下に向かう。

犯人はこいつらか。

なにかあったのかもしれないな。六階でエレベーターを停めてしまうなんらかの事情が。別れ話のもつれか。もつれているうちに、乗る乗らないで、言い争い、停めていたのかもしれない。あるいは恋愛が始まったばかりで、エレベーターの六階周辺に誰もいないのをいいことに、「開延長」という扉の閉じるまでの時間を延ばすボタンでも押してキスでもしてやがったんじゃないのか。

そして、六階に着いた。いま乗っている二人が下に行くためにボタンを押したのだろう、誰も乗ってこないだろうが、義務ですのでとばかりにエレベーターの扉は左右に開いた。

すると、その向こうにやはり男女がいた。

わけありである。

女は壁にからだを寄せ、顔も壁に向けてこちらは一切見ない。男がそばに寄り添い、心配そうになにか声をかけようとしている。なにかがあった。なにかドラマが発生している。いったいなんだ？

だが、そのとき、扉が閉まる。左右から劇の幕切れのように扉が閉まったのだ。見事な幕切れだ。なにかがあった。そこにドラマがあった。その短い時間、私はじんわりと男と女のドラマを堪能したのだった。

2 映画評 ―『無理心中日本の夏』

それは、大島渚が一九六七年に監督した作品である。

しかし、このタイトルはなんだろう。

まず映画について考えるとき、入口になるのはタイトルかもしれない。いや、まったくそんなことを気にしない作品もあるが、しかしこの奇妙なタイトルにはひっかかる。

『無理心中日本の夏』

それはあきらかに、「ディズニー夏のイヴェント」とはわけがちがうのである。「浅草夏祭り」ともちがう。なんなら「初台阿波踊り夏祭り」とはぜんぜんちがう。頭に「無理心中」があるのだ。

夏だ。

夏……、夏草の匂いと、虫の声、昆虫採集、スイカ、水遊び、そして、夏休みの思い出なんどと、ぬるいことを考えるのを大島は断固として否定するのだ。無理心中がついたら、なんだって、ぶっそうで、暗い影がつきまとう。まがまがしさが漂う。私は夏が好きだ。日本の夏は湿度が高い。ほかの国や地域と比較して考えたことがないので、よくわからないが、この湿度も含めて日本の夏という季節が好きだ。

だが、そんな「好き」なんて甘い気分を否定しろと大島は言う。「無理心中」だ。「無理心中」という言葉を置くことでなにもかもを、地獄のどん底に突き落とすのである。

「無理心中サザエさん」「無理心中ドラえもん」「無理心中崖の上のポニョ」

なにもかもが陰気になるのだ。どん底に落とされるのだ。まがまがしくなるのだ。なんだってそうだ。コンビニだってそうだ。

「無理心中ミニストップのソフトクリーム」

切ないよ。憐《あわ》れだよ。食べたんだよな。二人でぺろぺろソフトクリームを食べて、美味しいね、美味しいねって言いながら、それから死んだんだよ。悲しいよ。悲しすぎるよ。

「無理心中セブン‐イレブンの塩むすび」

うまいんだよ。セブン‐イレブンの塩むすび。塩味だけなんだ。シンプルで美味しいんだ。だけど、死んだんだ。切ないよ。美味しいね、美味しいねって言いながら死ぬんだ。

だから、『無理心中日本の夏』である。

夏の風情をまっこうから否定する大島渚の闘争だ。この国への闘いだ。平穏な市民社会への挑戦だ。

青土社から「大島渚」の名が冠された書籍が二冊出ている。その一冊が、大島にとって特別な年を標題にしたのであろう『大島渚 1960』だ。その年、大島は、『青春残酷物語』『太陽の墓場』、そして『日本の夜と霧』を立て続けに松竹から発表している。大島にとって特別な一年だった。次に刊行されたのが、『大島渚 1968』だ。その年、というのは、一九六八年のことだが、全共闘運動の高揚に代表されるように、政治的にも文化的にも、ある特別性を持っていたのは、「1968」をタイトルの一部、あるいはそのものにした書籍が、この数年、いくつか刊行されたことでもわかる。六八年、というより、六一年に松竹を退社した大島にとって、その十年、ディケードの六〇年代を創造社というインディペンデントな制作組織を基点に、妻の小山明子、脚本家の田村孟《つとむ》、石堂淑朗《としろう》、俳優の小松方正、戸浦六宏《ろっこう》とともに映画作りをしていた時代の活動は特別な意味があったにちがいない。

だから、「六八年」という特別な年が書名になった。

だが、先鋭的であり、映画を通じてあらゆるものへ闘争を仕掛けていたとおぼしき大島は、なぜか、よくわからない俳優を主演にする。それが奇妙だ。いや、むしろ、それこそ大島渚らしい映画への挑戦だったのかもしれない。『大島渚 1968』には、「無理心中日本の夏」の新聞広告らしきものが掲載されている。

キャッチコピーがすごい。

「大島渚の問題巨編！　話題のフーテン桜井啓子登場！」

たしかに「話題の」と呼ばれるほど、マスコミに取り上げられるような「フーテン娘」だったかもしれないが、桜井啓子さんのことを私は知らない。まして、いま大学で学生に「フーテン」のことを話してもうまく通じないので、なんとか言葉を探して、「ヒッピーみたいなものかな」と口にすると、なにかヒッピーに失礼な気がする。

もっとフーテンはだめだったのではないか。

いや、すごくだめだった。私も、その時代、まだ小学生だ。直接、目撃したわけではないし、では、「新宿の駅前でシンナーを吸ってラリっていた連中」という言葉が解説として正しいだろうか。「ラリる」っていったいなんだ。しかし桜井さんは、「話題のフーテン」だった。『無理心中日本の夏』の新聞広告には、桜井さんの写真がある。こちらに頭を寝かせ、横たわっている。裸に近い姿。金髪らしき長い髪をたらしているが、そんなことより、大きな胸が印象に残る。その胸に顔を寄せるのは佐藤慶だ。

そしてコピーがある。

「バスト102センチの偉大な谷間からのぞいた狂った日本」

そんな映画だったのか。その「偉大な谷間」からのぞいた「狂った日本」を描いただけに、ストーリーを、安易に理解しようとしてもそうはいかない。どこか狂っている。狂った人物たちの、狂った行為や、大島の奇妙なイメージがちりばめられた、不思議な世界が構築されている。

とはいっても、狂った演技をするのは立派な俳優たちだ。大島映画に顕著なのは俳優たちの多くが知識人だったことで、無理して、知識人が狂った人物たちを演じているという印象は否めない。例外は殿山泰司だけではなかったか。あの人もすごい。そして、フーテンがいる。

桜井啓子だ。

いったい、どこから大島渚は、こんなフーテンを見つけてきたのだ。桜井啓子は橋の上から川を泳いでいる者らの姿を見つける。そして口にする。

「いるいる、日本にゃ、男が多いや」

そして、橋の上に落ちていた自分の下着を穿く。そうしているうち、遠くから軍楽隊がやってくるのに気がつく。男たちだ。男たちによって構成された軍楽隊だ。

フーテン娘は言った。

「死ぬー」

すごい芝居である。下手《へた》である。大島組ともいうべき、佐藤慶、小松方正、戸浦六宏、渡辺文雄らが、堅実な演技で脇を固めているから、フーテン娘がどんなに下手でもかまわないのだ。軍楽隊を見つけて「死ぬー」と悶絶する桜井啓子はさらに言う。

「団体で来ちゃった」

あたりまえだ。軍楽隊じゃないか。

いや、しかし、それが大島だ。『新宿泥棒日記』では、当時、人気イラストレーターだった横尾忠則を主人公にした。『戦場のメリークリスマス』では、坂本龍一とデヴィッド・ボウイだったじゃないか。みんな下手だったよ。だからよかったんだ。『マックス、モン・アムール』にいたっては猿である。すごいよ、大島渚。

桜井啓子の「死ぬー」はぜひとも、本作を観てもらいたい。観ているこちらが死ぬ想《おも》いをするのである。

3　夢判断 ―「戦場にいた人」

夢の話である。人の夢の話ほどつまらないものがないのはよく知られている。

「いやあ、きのうすごい夢見ちゃってさあ」

そう言われたところで、どうしろというのだ。体験ではないのだ。夢なのだ。幻と言ってもいい。だが、もしかすると、それもまた彼/彼女にとっては、もうひとつの現実かもしれない。だが、つまらないものはつまらない。

「いやあ、きのうすごい夢見ちゃってさあ。それがすごくてさあ。ものすごいことになっててね、もう、俺、大活躍したんだけどね、ぜんぜん覚えてないんだ」

どう反応すればいいのだ。

人の夢の話はつまらない。どう共感したらいいかわからないからだ。「戦場にいたのよ」と言われて、だから、どう反応すればいいのだろう。「死ななくてよかったなあ」と、精一杯同情する。すると相手は言うだろう。

「そりゃそうよ、夢だもん」

まあな。

ルート　18

1　ファッションの小径 ― 「帽子」

高校球児の帽子のツバは曲げ過ぎだ。

考えてみれば帽子をかぶってするスポーツはどこかおかしい。女子ソフトボールにいたってはサンバイザーである。ゴルフはどんなスタイルでプレイしても自由なのか、テンガロンハットをかぶる選手もいて、あれはかなりおかしい。帽子をかぶるスポーツの奇妙さも書きたいところだが、今回はべつの観点から、「帽子」というファッションに注目したい。

問題は高校生だ。高校球児だ。甲子園を見ろ。ツバを曲げ過ぎているのだ。いったいなんのつもりだ。

そう思って、あらためて見るとプロの野球選手の帽子はさほど曲がっていない。日本もそうだし、アメリカのメジャーリーグの選手のツバもそうだ。ゆるやかな曲線だ。ラッパーもまた、帽子をかぶっていることがしばしばあり、「帽子をかぶりがちな音楽」も興味深いが、それもまた、べつのテーマだ。たいていのラッパーの帽子のツバは曲がっていない。曲がっていないばかりか、なかには真っ平らの者がいる。あの真っ平らもすごい。ぴーんと伸びている。あまりに真っ平ら過ぎて、その上になにかを載せたくなる。

牛乳はどうか。

ツバに牛乳を載せたラッパーを見たい。あるいは、そんなに真っ平らだったら、そこで原稿を書きたい気にすらなる。ラッパーの帽子のツバで書いた原稿だ。どんな原稿になるだろう。韻を踏んでしまったりするのだろうか。

それはともあれ、高校球児は、曲げ過ぎている。問題はそこだ。なぜ曲げるのか。野球というスポーツを考えたとき、ツバを曲げることがプレイになにか影響があるわけではないと思う。そもそもツバは日除《ひよ》けだ。炎天下、甲子園で試合をする選手を夏の日射しは容赦なく照らす。まぶしいだろう。ツバがなければまぶしくて満足のゆくプレイができないだろうが、だからといって、あの「曲げ」にどんな意味があるというのだ。「ツバ（＝鍔）」の話である。曲げ過ぎている。

動物の多くは、縄張り争いのような「闘争」が始まると、自分を大きく見せるため、からだを伸ばしたり、鳥なら羽を膨らませたり変化させるが、あのツバの「曲げ」にも同じような意味があるのだろうか。

だが、いくら曲げても大きくならない。

なぜなら、それは帽子だからだ。曲げればむしろ、細く見えるだけだ。だったら、最初から大きな帽子をかぶればいい。それで思い出したが北朝鮮の軍人の帽子は、あれ、大き過ぎないか。それも気になるが、やはり、べつの話だ。

話を戻そう。なぜ曲げるのか。

そこに高校球児のせめてものお洒落心を見ることができる。ほかに、なにをどう、ファッショナブルにすればいいのだ。髪を染めるのはどうか。そんなことを高野連が許すわけがないじゃないか。あごひげはどうか。タトゥーはもってのほかだ。だが、よく見ると、眉毛をきれいに剃《そ》って細くしている選手がいる。あれはいいのか。高野連は許すのか。たとえ、高野連が許したとしても、正直なことを書かせてもらうと、あれは、そんなにかっこいいものじゃない。眉毛はぼうぼうにしろ。ぼうぼうでなにが悪いのだ。だが、眉毛よりもだめなのが帽子だ。あれはだめだ。曲げ過ぎだ。お洒落にもならない。ラッパーのことを考えても、むしろ、後退である。ここはひとつ真っ平らだ。その上になにかモノを置かせてもらいたいのだ。その真っ平らな帽子のツバの上で原稿を書きたいのだ。

だめなのか。

2　提案──「スイカ割りの革命」

夏が終わった。

夏を振り返るとき、人によってさまざまな思いがそこにあり、たとえばフジロックをはじめとするフェスがいい思い出となった者もいるだろうし、お盆だからといって帰省する者も多くいた。かと思えば、深夜までオリンピックを夢中になって観てしまい、毎日、寝不足で働いていた者もいるだろう。だが、大事なことを忘れてはいないかと私は考える。

夏といえば、スイカ割りじゃないか。

なにより、このぞんざいなネーミングが素晴らしい。ほとんどの人が知っていると思うが、ルールはごく単純だ。持っている棒でスイカを割るのが基本だ。ただし、目隠しをしているのでどこにスイカがあるかわからず、勘を頼りに棒を振り上げるが、なんにせよ、スイカを割るだけの遊びで、それが「スイカ割り」という名前になった。

ぞんざいである。

なにかもっと工夫はなかったのか。しかし、オリンピックで思い出したが、「重量挙げ」もかなりぞんざいなネーミングだ。以前もべつの場所に書いたことがあるので詳しく語るのは控えるが、「ウェイトリフティング」をそのまま訳して「重量挙げ」としたのだろうが、その、選手が挙げる「重量」とはいったいなんのことだ。なんだその競技名は。たとえば、体操競技の「鉄棒」はわかりやすい。なにしろ、しっかり「鉄の棒」だ。「鉄の棒」がそこにある。「重量」は形がないだけに、なにを挙げているのかよくわからない。ま、その話はこれくらいにしておこう。もっと詳しくべつの文章に書いた。

いまは「スイカ割り」だ。

そもそも、「スイカ割り」という遊びはどこで生まれたのだろう。日本が発祥の地なのか詳しいことはよくわからない。気がついたときには私もまた、子どものころの夏、町内会で行った川遊びで「スイカ割り」をしていたし、漫画やテレビドラマで、そんな姿を見たことで「スイカ割り」が夏に欠かせないものという思いにさせられてきた。けれど、あまりに内容が単純過ぎるせいか、その後、「スイカ割り」になにか変化があったとか、「スイカ割り」の技法に新しい潮流が生まれたという話は聞いたことがない。なにかないのかよ。かつてと同じように、棒を持ち、目隠しをし、ただただ、スイカを割るのだろうか。

なにかあってもいいと私は思うのだ。

たとえば、距離を長くするのはどうか。

「百メートルスイカ割り」

スタート地点からスイカまでの距離が百メートルである。しかし、「スイカ割り」で大事なのは「目隠し」だ。目隠しをしたまま、百メートルを進むのはきわめて危険を伴う。そこにスリルがあり、まして、途中で方向を見失う者も現れ、どこへ行ってしまうかわからない。なかには、スイカを割れぬまま、長い旅をしてしまう者もいるのではないか。そうして一生を過ごす。街から街へと、スイカを割る男が、棒を頭上に掲げたまま彷徨《さまよ》う。目隠しのせいで、よくある「スイカ割り」と同様、足元はふらついている。時々、壁にぶつかる。交差点に来たら、赤信号で止まる。あたりの気配を察して、横断歩道を渡る。だがスイカは見つからない。初めてそれを見た街の者らは驚いて声を掛けるだろう。

「なにをしているんですか？」

「スイカ割りです」

「どこにスイカが？」

「それがわかったら苦労はしませんよ」スイカを割る男は、少し苛ついてそう応えたが、それというのも、旅のあいだ、もう何度もそう質問されてきたからだ。

「じゃあ、なぜこの街に来たんです？」

「まっすぐ進んでいるつもりでした。けれど、そうじゃなかったのかもしれません。ちなみに、ここはどこですか？」

だが、街の人もその質問に応えていいのか戸惑うしかなかった。なぜなら、いまいる場所を教えるのが「スイカ割り」のルールに反するのではないかと警戒したからだ。

「教えられませんね」街の人は言った。

「どうして?」スイカ割りの男が言葉を返す。

それで、街の人は言うのだ。

「それが、スイカ割りってもんじゃないですか」

なかには、その人の苦労を思い、進行方向にそっとスイカを置く親切な人が現れる。だが、またべつの男がさっとやってきて、なぜか手にしていたバットで、そのスイカを思いっきり割ってしまう。スイカを置いた親切な人は、バットで割った男に食ってかかるだろう。

「なにするんだ」

だが、バットの男も言うのだ。

「これが、スイカ割りだ」

よく意味はわからないのだ。

こうして、「百メートルスイカ割り」はさまざまな物語を生み、そして、スイカ割りをめぐる旅はさらに続く。面白い旅の話だ。いつかこれをテーマに、『西瓜割彷徨記』というタイトルで小説にしよう。

ただただ、スイカを割ろうとして、棒を掲げている男の話だ。

そしてさらに、割ったスイカの数を競う、「一万個スイカ割りタイムトライアル」もどうだろう。あるいは、地面に家族が埋まっており、そのあいだにスイカが置いてある。目隠しをしているからスイカを棒で命中させることができず、家族の頭をなぐるかもしれないという「スイカ割り地獄」もある。新潮流だ。ニューウェーブだ。スイカ割りに、いま新しい時代がやってきた。

3　今月の書名 ―『使ってみたい武士の日本語』

どなたに恵投いただいたのか、書棚に本書があった。なかに出版社からの「読んでいただきたい」という旨の手紙が挟まれていたが、それはつまり、「武士の日本語を使ってほしい」ということだろうか。その気持ちはとてもありがたかった。しかし、きっぱり私は言いたいのだ。

「使いたくない」

それでも、本書に目を通すと、内容はたいへん興味深い。映画にもなった「武士の一分」という言葉もあったが、ほかにもこんな言葉がある。

「べっかんこう」

それで私はやはり思った。使いたくない。

ルート19

1 美術批評 ―「伊藤若冲」

あまり説明をしなくても、若冲《じゃくちゅう》のことは、いまでは多くの人が知っているだろう。簡単に解説すると、江戸の中期、京都を活動の拠点にした絵師である。

鶏《にわとり》の細密な描写と、鮮やかな色づかいと書けば、知らない人も、どこかでその作品を目にしたことがあるのではないか。京都の街はある時代からほとんど街の名前が変わっていないので、記録にあたって、若冲が京都市内の、「高倉四条上ル問屋町」に住んでいたと記されているのを読めば、いまの地図で調べるとそうした表記だけでだいたいの位置がわかる。いまある大丸京都店の裏あたりだ。

そして、若冲の生家は「八百屋」を営んでいた。

おそらく豊かな家だったのだろう。若冲はその家から出ないで、画業に専念したというが、親からの援助があり、それだけの経済力があったと思われる。

何年か前、京都で大規模な「伊藤若冲展」が開かれた。その多くはアメリカ人のコレクターが所蔵しているが、そうした作品も含め、ほとんどの作品を見られた。今後、こんな機会を得ることはないとまで言われた大規模な展示だった。

代表的な鶏の絵はことのほか美しかったが、ほかにも若冲はさまざまな素材を描いている。野菜の絵があった。

見事な絵だった。

見ていた年配の女性の二人組が、その絵の美しさに感動したのか、溜息《ためいき》をつくように声を発した。

「やっぱり八百屋の息子だねえ」

そうなんだろうか。

観るべきはそこなんだろうか。

2　芸能最前線 ―「子役革命」

いやらしい話だと思うかもしれないが、これだけ、「人気者の子役」がいると、つい、この子はギャラがどれほどなんだろうと想像してしまう。何人か有名な子どもたちは、まさに「高い子役」だ。そして、問題なのは、「高い子役」がいる一方に、必然的に「安い子役」がいることだ。そこに悲劇が生まれていないだろうか。

私は想像するのだ。

予算の少ない映画やドラマがあったとする。キャスティングの仕事の人なのか、あるいは助監督のような人が連れてくるのか、小声で監督に話すのだ。

「今回は、ちょっと、あれなもんですから、安い子役しか使えないんで」

こんなに残酷な世界があるだろうか。

あの「こども店長」が一種の「子役ブーム」に火をつけたのかもしれない。このところさまざまなテレビの場所で——その多くがCMだが、それというのも私があまりテレビドラマを見ないせいだろう——頻繁に子役を見る。かつても、たいへん演技のうまい子役はいたが、それに比べやけにその数が多い。まして、かつての子役より、ずっと芝居がうまいと感じる。

人から教えられたのは、いまの親が、自分の子どもを子役にさせようと熱心だという話だ。どうやら子役専門の演技学校もあってそうしたところに子どもを通わせる。自分がアイドルや俳優になりたかった夢を自分の子どもに託すのだろうか。親が熱心だ。そしてその親の言葉を聞いて子どもも努力する。

いったいなにごとだ。

なにか恐ろしいものをそこに感じる。かつて、「子役」という言葉にはどこか純真さや、無垢《むく》のようなものがあった。けれど、そうして現在の「子役事情」を知ると、その背後に、ふつうの俳優と同じような熾烈《しれつ》な芸能の世界の闘いがあるのではないかと恐ろしくなる。それが映画やテレビドラマのレベルを上げるのなら意味があるのかもしれない。かつてアメリカ映画の子役のうまさに驚かされたが、それにまったく負けないくらい、日本の子役たちの実力も飛躍的に向上している。それが作品の質を高める要因になるだろう。

だからなおさら気になるのだ。

「安い子役」だ。

プロデューサーなのか、キャスティングの担当者か、それとも、助監督かもしれないが、監督に小声で、「今回、ちょっと、予算があれなんで、あの、安い子役で、すいません」と伝える。

小声だったらいい。

なかには無神経なプロデューサーがいたらどうするかだ。スタジオに入ってくるなり大きな声で言うのだ。

「なんだって、今回は子役が安いって！」

子どもの耳に入ったらどうするつもりなんだ。たとえ大人だって、たとえば本人がいる前で、「なんだよ、今回、安い女優かよ」と言われたら、聞いた女優はひどくショックを受けるが、それが子どもだったらなおさらだ。まだ社会のこともよくわかっていないが、「安い」という言葉には子どもだって敏感に決まっている。「安い子役？　僕が？　安いって、なに？　ギャラ？　安いの？　いくらくらい？　時給六百五十円？」と疑問を持ったら、それがいつまでも傷になって心に残るだろう。

子役も成長する。中学生になってもあの日の言葉が耳に残っている。あれ以来、子役はやめた。ショックだったのだ。そして中学校の英語のテストの点数が悪かった。

「どうせそうさ、俺なんか、安い子役だよ、時給六百五十円だよ！」

自暴自棄になるのだ。もしかしたらグレるかもしれない。高校生になったら、いっぱしのヤンキーだ。喧嘩のとき相手に向かって言うだろう。

「おまえら聞いて驚くなよ、俺はなあ、安い子役だったんだ！」

べつにそんなことを聞かされてもちっとも怖くない。聞かされた喧嘩相手は、どう対処していいかわからないのだ。

「時給いくらだ？」

そう言うしかないではないか。

さて、「安い子役」にもおそらく理由があると思う。「高い子役」に比べて芝居が拙《つたな》いかもしれない。あるいは、「高い子役」は大人顔負けなほど台詞を覚えるのが早いかもしれないが、「安い子役」のなかには、台詞を覚えようともしない者がきっといる。監督の意思をすぐにくみ取って演出通りに動くのが「高い子役」だ。

「安い子役」はだめだ。

そんなことができるわけがないじゃないか。たとえば、角を曲がって子どもらしく走ってくるシーンがあるとしよう。学校で作った図工の作品をお母さんに早く見せたくて走る。「高い子役」なら、その気持ちを見事に表現してみせ、弾むような走りで軽快にやってくるだろう。「安い子役」はどうか。

「いくら待っても角を曲がって走ってこない」

助監督が慌てて、トランシーバーで角の向こうで子役のフォローをしているスタッフに確認する。

スタッフは言った。

「転びました」

それで、いったんNGとして撮影をストップするだろう。「第二テーク」を撮る。監督の

「スタート」の声がする。

けれど、「安い子役」は出てこない。すると、こんどは角の向こうにいるスタッフから助監督に連絡が入る。

「転びました」

すぐに転ぶのだ。だが、一度NGにしてしまったことに責任を感じたのか、「安い子役」のくせに、そこで、チャレンジするのである。もう一度、走る。スタッフから助監督に、「立ちあがりました。走り出しました。いま出ます」と連絡が入る。それで、監督やカメラマンをはじめ、全スタッフが「安い子役」が出てくるのをがまんして待つのだ。だが、転んだ拍子に泣いたので、涙を流しながら、わーわー、わめいて走ってくる。

これでは、「学校で作った図工の作品をお母さんに早く見せたくて走る小学生」にはならないじゃないか。なぜ泣いているのか不明である。そして、カメラの前でさらに転ぶに決まっているのだ。

さすがに「安い子役」だ。転ぶ。勢いよく転ぶ。そこに狙いはない。どんなにがんばったって、走ろうと思えば転ぶのだ。

あるいは、両親が離婚するのを知って、それでもけなげに笑顔を作ってその事実を受け止めつつ、しかし、内心その切なさに、目に涙を溜《た》めるという複雑な演技を「安い子役」ができるだろうか。

「高い子役」はできる。

彼／彼女たちは天才的にその脚本の意図を理解し、その子どもの姿を微妙な演技で表現してみせる。当然じゃないか。だからこその、「高い子役」だ。すぐに転んでしまうような子役にそんな複雑なことができると思ったら大間違いである。

「一生懸命、涙を出そうとするが、どうしても出ないので、困って、なぜか走り出し、そして転ぶ」

転ぶのだ。「安い子役」は間違いなく転ぶのである。なにがあっても転ぶ。転ぶのが基本である。

映画にしろテレビドラマにしろ、作品はさまざまな要素によって組み立てられているが、「安い子役」を使ったら、もうだめだ。予算の大半を「子役」に注ぐべきかもしれない。「安い子役」ではなにかが崩壊する。仕方がないので演出家は、「安い子役」に、そこに立ってるだけでいいと演出したとしよう。けれど、やはりなにかがだめだ。子どもだったら、それだけでなにかいいところがあるはずだが、立っているだけでもだめである。

なぜなら、「安い」からだ。

3　銀座百景 ―「私の好きな銀座」

もうかれこれ、三十年以上も過去、ＴＢＳテレビの夕方、「ぎんざＮＯＷ！」というテレビ番組が毎日生で放送されていたのをどれだけの人が知っているだろう。知人の竹中直人は学生時代、この番組の素人参加のコーナーに頻繁に出ていた。

ツイッターが流行し出したころ、いまいる場所を示して、たとえば、「渋谷なう」とつぶやくのが流行りだった。私はそれがいやで、どんな場所に行ってもけっしてやりたいと思わなかった。そして、ひとつだけやりたいことがあったのだ。銀座に行った。満を持して私はつぶやいた。

「銀座なう」

だが、その冗談をわかってくれたのは、ごく少数の大人だ。「銀座なう」なんだよ。わかれよ。わかってくれよと思ったが、誰も反応してくれなかった。なにかに私は負けたのである。

ルート20

1　今月のメモ ―「かつらだと言い張る」

iPhoneのアプリのひとつ、「メモ」に思いついたことを次々と記入している。かつてはノートに思いつきをさっと書いて、それがたとえば、「崖の下、3人のベトナム人」だった。あとから読むとなにを書いているのかよくわからないのである。なにかを思いついたのだろう。まさか、崖の下にベトナム人が三人いたという状況が想像できない。だいたい、そこに東南アジアの人がいたからといって、それがベトナム人だとなぜわかるというのだ。

それで、iPhoneのメモを開くと、最近、メモした大量の走り書きのような言葉が並んでいる。そのひとつがこれだ。

「かつらだと言い張る」

なにを考えたのだろう。

なにを意味しているのだろう。それはたとえば、次のような演劇なのかもしれない。

男1　俺さあ、かつらなんだよ。
男2　嘘だろ。
男1　かつらなんだ。
男2　（つくづく男1の頭を見て）よくできてるなあ。
男1　そうなんだよ。

そんな対話のある演劇がやりたかったのだろうか。たしかに、「かつらと言い張る人」には誰だって会ってみたいだろう。たいていそれを人は隠す。ところが、その人はそれを自慢するのだ。あまりによくできた「かつら」なので得意げに語りたいのである。けれど、なぜこんなメモを書いたのか私にももうわからない。演劇だろうか。それはいったい、どんな演劇なのだろう。

2　随筆 ―「随筆というものを書きたい」

いま、たまたま手元に内田百閒《ひゃっけん》の『一病息災』という随筆集がある。書名の通り、おりおり、自分が患った病気について触れているが、淡々と書かれた文章は、ときとして、なんでもないような読後感だ。

だからなんだ、と思うのである。

しかし、その「だからなんだ感」にこそ百閒の味わいがある。

こんなふうに書きたいと思った。私の書くエッセイというものは、どこかいやらしさがないだろうか。狙いすぎていないか。笑わせてやろうという魂胆が見え透いていないか。だから文章に品というものがない。

たとえば百閒は、この随筆集のなかに「巡査と喘息」という文章を残している。その冒頭である。

「私は毎日お午《ひる》ごろに起きて、その日の仕事を午後遅くから、大概は夕方近くから始めるので、順繰りに晩飯が遅くなり、お膳に座るのが夜の十一時を過ぎるのは珍しくない。」

もう、最初からだからどうしたんだよと言いたくなる。なにしろ、昼ぐらいに百閒は起きるのである。夕方からその日の仕事を始める。だから晩飯が遅くなる。夜の十一時になってようやく食卓につく。

それだけだ。

いやだからいいのである。そのことを、句点を打たず、一気に語る文章の、だからといって急いでいる感じを読む者に与えず、言葉の向こう側に百閒の生活を垣間見させてくれるような、しかもゆったりとした時間が流れている、その空気が言葉から滲《にじ》み出るのを感じさせる。どうしたらこんなふうに書けるのだろう。私はいきなり笑わそうとして品に欠けるので、ときに私はこんなふうに書いていないだろうか。

「どぴょーんと出ました、どっぴょぴょどぴょどぴょ」

だめだ。なにが書きたいのだ。もっと言葉を選ぶべきだった。さらに百閒は書く。

「晩のお膳ではお酒を飲むから、時間がかかる。漸《ようや》く終わつてゆつくり一服して、それから雑誌をひろげて見たり、どうかすると将棋をさしたり、それで寝るのは真夜中過ぎになる。」

ここでわかるのは、まず夕食にお酒を飲むことだ。だから夕食をとるのに時間がかかる。ようやく食べ終わって、「ゆつくり一服」というのは煙草を吸うことだろうが、この「ゆつくり」がただごとではない。おそらく長いのだろう。その時間の長さがじわじわと読む者に伝わり、およそ二時間ぐらいの印象を与える。そして雑誌を広げるのはいいとして、そのあとが問題である。

「どうかすると将棋をさしたり」

この、「どうかすると」がいい言葉だ。私は、これまで書いてきたエッセイで、「どうかすると」という言葉を使ったことがないと記憶する。

なにしろ「どうかする」のである。

人はそうそう、どうかしない。ところが百閒は「どうかする」のであり、その「どうかする」の挙句、将棋をさすのだ。どうかするにしては、比較的、おだやかだ。もっとどうかすることがあってもいいのではないか。私だったら、どんなふうに「どうかする」だろうか。

「どうかすると、どうかする」

ほかにいま、思いつかない。なかなか将棋にたどりつけない。「どうかすると、踊る」と書いてはみたが、私はあまり、踊らないし、「どうかすると、電球を換える」としたところで、電球を換えるぐらいのことで人は「どうかする」だろうか。

「もう、寝ようと思つたけれど、あんまり時候がいいので、月夜ではあるし、夜を一廻《まわ》り散歩して来ようと思つた。お酒は飲んでゐるけれど、足許がふらつくと云う程ではない。往来に出て先づ西の突き当たりにある松の生えた土手の方へ歩いて行つた。月明かりの空を低い土手が仕切つて黒い陰になつてゐる。」

そう書いて散歩に出てしまった百閒だが、かなり遅い時間だ。大丈夫なのだろうか。そんな時間に外に出るなんてぶっそうじゃないだろうか。読む者に心配をさせる。「もう、寝ようと思つたけれど」というなら、さっさと寝ればいいじゃないか。だが、百閒はまだ寝ない。

外に出てゆく。そして、その言葉の使い方としては、「往来に出て」と歩く方向を示し、「先づ西の突き当たりにある松の生えた土手の方へ」と進行方向が淡々と示される。すると、夜の暗がりのなかへ、読む者もまた、百閒と一緒に歩いているように感じさせ、肌にあたる風の心地よささえわかるような気になる。

そうした言葉を真似したいと思う。そんなふうに書きたいのだ。たとえばこんなふうに。

「通りに出て、まず南のほうへ坂を下ったところの、なにを売っているのかよくわからない商店の突き当たりにある、名前の知らぬ不気味な木が生えた、地の底のような暗い通りのほうへ歩いて行った」

どんな場所なのかそれは。できるだけ、百閒が書くような風景を模倣しようとしたのだ。そうやって、うちの近所のことを書いてみたのだ。けれど、これでは怪奇小説のようだ。いや、百閒もまた、どこかに不気味さを漂わせている。短い小説群には全編にわたってそうした不気味さが漂う。ときとして随筆にもある。なにしろ深夜の散歩だ。このあと暗がりから巡査が現れて驚いたことが書かれ、しかも、同じ巡査にまたべつのところで出会う。しかし、その巡査が会っていないと言い張る。意味がわからない。翌日も同じような時間に散歩に出ると、またべつの巡査に会う。

ところが今度は私が往来に出ると同時に、昨夜とは違う別の制服の巡査が物陰から出て来て私と一緒に歩き出した。

初めの内黙つてゐたから、私も黙つてゐたが、大分行つてから、「どこに行かれます」と云つた。

「散歩です」「今頃の時間に散歩ですか」「寝る前の散歩です」

道の角まで行つて私が引き返さうとしたら、巡査が一寸立ち停まつたので、「一緒に帰りませう」と云うと、返事をしないで、すつと角を曲がつて、急ぎ足に向こうの方へ行つてしまつた。

どうも調子が合わないので気持ちが悪いが、止むを得ない。

なにか事件が起こるのかと期待するとなにも起こらない。ただ気持ち悪いだけだ。しかも、本書ははじめに書いたように『一病息災』という書名だけに、随筆のそれぞれに病気について触れるはずだが、ここまで一切、それがない。そして最後にようやくこうあるのだ。

「二晩夜更けにそんな事をしたら、持病の夏型の喘息を起こして、それから後何日も苦しかつた。」

何日も苦しかったんだよ。「夏型の喘息」なんだ。だったら、散歩なんかしなければよかったし、あの巡査はいったい、なんだったのだ。しかし、そこに百閒の味わいがある。よくわからない気持ちにさせる。なにしろ、「それから後何日も苦しかつた」で終わってしまうのだ。あっさり終わる。このあっさりとした締めが大事だ。

3 政治──「日中問題」

以前も書いたが、小田急線豪徳寺駅にある街の中華屋は、ごく大衆的な店なので、厨房にいるのも、べつに中国から来た料理人というわけではなく、その家の兄弟だ。餃子《ギョーザ》がうまい。少し大振りな餃子は中身がたっぷり詰まっており、そして甘い。この甘さがいやだという人もいるだろう。私は好きだ。豪徳寺にはほかにも餃子の美味しい店がある。はじめに書いた店は、駅を出て、右に曲がった山下商店街にあるが、こんどは左に進む。坂を少し登って豪徳寺商店街を歩き、その左手にある。最近、改装したらしくきれいな店だ。いつもテレビをつけていて、暇な時は店主がそれを見ているらしい。だが餃子はうまい。

ルート　21

1　経済 ― 「ユーロの価値」

パリはとてもいい街だった。

もう十数年近く前になるが、演劇の仕事でパリに行った。たしかその当時のユーロは、日本円にすると、百三十円以上したのではなかったか。同行した知人、劇作家の鐘下辰男《かねしたたつお》はユーロを前にすると、小学生程度の足し算ができなくなった。円をユーロに自動で両替してくれる機械にトラブルが生じ、一万円札を入れたのに、その五分の一ほどのユーロしか出てこないという、「劇作家鐘下の自動両替機ぼられ事件」もあった。あるいは、同じく劇作家の松田正隆にいたっては、パリの地下鉄はスリが多いと、かばんを胸の前に抱え警戒していたにもかかわらず、彼だけがすられるという事件もあった。

そして私は、ユーロはまだこれからどんどん価値が上がるだろうと予想し、日本に戻ってからも換金しなかった。するとどうだ。当時はどんどん円高になってゆく。ユーロの価値は暴落だ。ニュースを見ればギリシアが大変なことになっているじゃないか。大学の演劇の授業でギリシア悲劇を取り上げている。二千五百年以上過去の演劇だ。私は演劇の話をしていたが、なにか腹立たしさがこみあげてきて、いきなり学生に言ったのだ。

「俺のユーロをどうしてくれるんだ」

ギリシアの悲劇は、いま、ここにある。

行ったのはパリだったが。

2　社会時評――「都市における住宅の諸問題」

東京や大阪をはじめ、大きな都市で住む場所を見つけるのはたやすいことではない。おそらく誰でも経験があるだろうが、これまで何度も引越しをし、部屋を探すたびにいやな思いをしてきた。

たとえば、予算を質問されるので正直に応えると、それよりちょっとだけ高い物件を紹介される。私だけだろうか。いつも少しだけ高い。その「少し」が腹立たしい。むしろこうなったら、大幅に高い物件を紹介してくれてもいいじゃないか。予算を七万円にしたとしよう。

「ああ、いい物件がありますよ」と言って出してくれたのは、よりにもよって家賃が月五十万円の高級マンションだ。

いったいなにを根拠にそれを出した。

とはいえ、これくらい予算をオーバーしているとすがすがしい気持ちにもなる。けれど人は、不動産屋でなぜかおどおどするもので、「いや、これは……」ともごもご口にしてしまう。不動産屋は強引だ。「さあ、現地の物件を見に行きましょう」と車に乗せられる。

そんな物件を見てなんになるというのだ。

高層マンションだった。もちろんオートロックだ。窓が大きい。夜景がきれいだと説明される。リビングがそんなに必要なのかと心配になるほど広い。システムキッチンだ。バスルームになぜかテレビがついている。しかし、その人の予算は、繰り返すが「七万円」だ。おずおずと言うしかないだろう。

「いい部屋ですけど」

「だめですか？」

「いい部屋なんですけどねえ」

「だめに決まってますよね」

わかっていながら、法外な家賃の部屋を紹介する不動産屋は立派だ。少しだけ高い物件を紹介するような小賢《こざか》しさ、たとえば、「予算七万円」と伝えると、微妙に高い「家賃七万八千円」の部屋を紹介するようなことはしない。いきなり「家賃五十万円」だ。

意味がわからない。

だからいいんだ。この理解できない豪快さが気持ちいいじゃないか。けれど、たいていの不動産屋は微妙に高い物件を紹介するので、だったら、きっぱり断られるほうがずっといい。

学生のころだから、もう三十年以上も過去になるが、不動産屋に飛びこむなり、「六畳一間で家賃三万の部屋ありますか」と私は言った。それは当時としても、無謀に安い家賃の希望だ。すると不動産屋のおやじは吐き出すように応えた。

「なんの話だ?」

もう、前提からして否定された。私は不動産屋に来たのである。部屋を探しに来たに決まってるじゃないか。しかし、話さえ聞いてくれない。だからいいんだ。いまだにそのときの不動産屋のおやじの顔を忘れない。きっぱり言ったな。見事な返しだった。それをだ、「六畳一間で三万二千円だったら、なんとかなりますけれども」と微妙に高くされても困る。

知らない街の駅に降りる。

駅前にいくつかの不動産屋が目に入る。たいてい大きなガラスの窓があり、そこに、物件を紹介する貼り紙がある。条件に合いそうな物件を見つけて入り、「表の、貼り紙にある、あの七万円のあれを」と、やはり人は、おどおどしながら言う。するとスーツ姿の若い不動産屋の社員が言うだろう。

「七万八千五百円の物件で、出物があるんですよ」

微妙に高いほうへ誘導される。

部屋探しでいい思いをしたことがない。ごくまれに、感じのいい不動産屋さんに出会うこともあるが、たいていは、「なんの話だ?」のおやじのようなやつだ。だからなのか、最近ではネットを使って部屋を探すのが主流になりつつある。条件を入力して検索するとそれに見合った物件がずらっと出てくる。大手の不動産会社がチェーン展開をし、そうしたサービスをやっているので、あのおやじの顔はもう見ることができないだろう。

私の知人の鈴木さんが部屋を探していた。まだ若い女性だ。独り住まいの、おそらく家賃七万円程度の部屋だろう。同じ会社に、やはり引越しをしようとしている同僚の男がいた。鈴木さんが部屋を探していると知ると、同僚はいきなり言ったという。

「鈴木さん、どこのミニミニで探す?」

ミニミニ限定である。

少し説明すると、CMで見たことがある人もいると思うが、「お部屋探しはミニミニで」というコピーで有名な大手の不動産業者だ。正確にはローマ字で「minimini」と記すらしい。だが、不動産業者は「ミニミニ」だけじゃないだろう。ほかにもいろいろあると思うが、同僚にとっては「ミニミニ」以外の選択はない。「鈴木さん、どこのミニミニで探す?」になるのだ。それ以外で探すのはもってのほかだ。残念ながら、私は「ミニミニ」を利用したことがないので、どんな業者か、いい業者なのか、そうでもないのか、詳しいことはなにも知らない。ただ、「ミニミニ」だけになあ。微妙に高くしてくる恐れはある。しかもミニだ。それも「ミニミニ」と二回も繰り返す。「七万円の予算で」とお願いする。すると「ミニミニ」は言うのではないか。

「七万三百円の物件があるんですよ」

微妙だなあ。

その微妙さが、腹立たしいのだ。

3 土産物批評 ―「ポルトガルのキャラメルと、その波紋」

旅行から帰った友人が、その土地で買った、ちょっとしたものを土産にどうぞと届けてくれる。とてもうれしい。ただ、よく語られることだが、なかには迷惑な土産物もあり、たとえば以前、書いたことがあると思うが、将棋の駒の生産で有名な天童市で買ってきてくれた、

「将棋のコマを掲げる女神のブロンズ像」はわけがわからなかった。しかも重い。

私が教えている大学の授業にもぐりに来ていた、べつの大学の学生が、ポルトガルに旅行したという。それで土産に持ってきたのは、ポルトガルのキャラメルだ。ビニールのようなものに包まれたキャラメルが、大きな袋に入っている。一つ一つのキャラメルがでかい。一個、私に手渡しながら、学生は言った。

「気をつけて食べてください。すごく粘着力があるんで、差し歯とか、金歯とか、そういったあれが抜けるんです」

ちゃんと忠告してくれたのである。ただ心配だ。私には治療中の歯があり仮歯が差してある。とはいっても、キャラメルをポルトガルで買ってきてくれた学生の好意を無駄にしたくなかった。その場でなめた。口にしたキャラメルを慎重になめるようにしていた。だが、彼が話す、「差し歯とか」のあたりで、もう仮歯が抜けていたのである。

とんでもないキャラメルだ。

いったい、ポルトガル人はなにを狙っているのだ。

すぐに歯科医に連絡した。

じつは、先月の予約をすっかり忘れていたので、申し訳ないと思いつつ電話をすると、出てきた受付の方が、その日の午後四時だったら空いていると快く治療の予定を入れてくれた。

その日は午後から仕事を一つ済ませ、すぐに歯科医に向かった。いい病院である。一時間に一人の患者しか治療しない。丁寧に治療してくれる。ときには、一時間以上かかるときもある。

いつものように治療用の、よく知られた例の椅子に腰を下ろした。

「歯科医の時給は三万千五百円だ」

いきなり、医師はよくわからないことを言った。どうやら怒っている。予約をすっぽかしたことも含め、私の治療に対するいいかげんな態度に声を荒らげて説明してくれるが、その意味がよくわからない。なぜなら、「歯科医の時給は三万千五百円」を何度も繰り返し口にするからだ。ある有名な大学病院の歯科では、治療に一時間かけ、その治療費だけで「三万千五百円」だそうだ。それを私が通院している歯科医では、保険を適用しつつ、一万円程度に抑えている。もちろん謝罪したが、それ以上、どう応えればいいのか私は戸惑う。その「千五百円」は消費税なのだろうか。考えていると、医師はさらに言う。

「三万千五百円」

怒っているんだな。怒っているのはよくわかったし、歯科医の時給もよくわかった。それで私は、とっさに作家の時給を計算した。人によって違うだろうが、おそらく作家は、「時給五百円」ぐらいじゃないだろうか。その程度だ。そしてさらに私は思ったのだ。

「ポルトガルのキャラメルは、一個、三万千五百円だ」

かなり高くつく。

ルート22

1　芸術論 ― 「美とエロス」

先日、「これからの宮沢さんの演劇では、どんな身体を目指しますか」と質問された。少し解説が必要だが、演劇とは、まずそこに存在する「俳優」の、その存在のありようが大きな意味を持つ。どんなふうに俳優、あるいは、パフォーマーがそこに「ある」べきなのか。そこに「身体」の概念があり、だからこそ、演劇では「身体論」が語られる。

私は少し返答に迷い、そして思わず口にしてしまった。

「エロスです」

なんだそれは。

ことによったら私は次のように言葉にしていたかもしれないと思った。

「メロスです」

いよいよ難解なことになってしまう。こうなると、「エロス」でよかったと思うものの、うっかりだけに、とんでもないことを口にしていたかもしれず、「棒状の、こう、先のほうが、ちょっと尖ったような」と、発言しなくてよかった。それはどんな身体なのか。

「ぬかるみで」

これはこれで、なにか意味があるような気にさせるから奇妙だ。「ぬかるみのような身体」である。なにかありがたい話を聞いている気がする。かつて唐十郎は言った。

「痛みとは肉体のことである」

だから私はこう宣言しよう。

「身体とはぬかるみのことである」

だが、エロスなんだよ。ぬかるみのことなんかどうだっていいんだ。とりあえず口にしたのは「エロス」だ。だとしたら、私の演劇はなにを舞台上に出現させればいいのか。

「お色気満載温泉芸者」

いやだよ、そんなものは。

けれどなにかある。私はふざけているようだが、まじめに身体のことを考えている。ふざけたふるまいで、エロスに美を見いだそうとしている。

2 健康 ―「快適な睡眠のために」

どのようにして人は眠ったらいいのか。

ある時期から私は睡眠にことさら神経質になってしまった。思いあたる原因はないが、ちょっとしたことが気になり、眠ることができない。ホテルの相部屋などもってのほかだ。人と一緒に眠れない。新幹線の移動で眠ったことがない。ベンチでうたた寝などできないし、劇場の椅子で寝ることなどできるものか。外国に行くのに、たとえ飛行機で十三時間の移動だとしても、そのあいだ、じっと起きている。ニューヨークに行ったときもそうだ。眠れない。ただただ起きていた。そして座席の小さなモニターで映画を観ていた。

「『ダイ・ハード』を繰り返し四回観てしまうと、ほんとうに、つまらない」

ブルース・ウィリスがたいへんな目にあっているのだ。全身傷だらけである。もう体力の限界だろうと思っても、ブルースはまだがんばる。あきらかに死ぬようなひどい目にあってもまだ生きている。それを、四回観る。眠れないからだ。ほんとうに苦しい。だからもちろん、映画や舞台を観て眠ったという人の話が理解できない。なぜ眠れるのだ。私がこれまでの人生で眠ってしまった映画はたったの二本だ。

まず、『スヌーピーの大冒険』だ。

そして、『ジーザス・クライスト・スーパースター』だったが、なぜその二本なのかよくわからない。

多くの者が眠ることに苦労している。

では、いつの時代から眠りは人を悩ませることになったのだろう。資料にあたっていないので、いいかげんなことを書くことはできないものの、不眠はべつに、「現代的な病」とは思えない。メソポタミア文明の時代にも眠れない人がいたのではないか。あるいは、中国の始皇帝の時代、古代ギリシア、あるいは、古代ローマにもいただろう。眠れなくて困った武士が室町時代にもいたかもしれない。

だが、そこでは「時間」の感覚もちがっただろうから、「眠れない」というのがなにをさして言っているのかうまく想像できない。

メソポタミアのシュメール人が言うのである。

「あしたは四時起きだ。さ、きょうは早く寝とくか」

この「早く寝とく」という概念がメソポタミア時代にあったかどうか。そもそも、メソポタミアの朝が何時だったのか。私は知らない。だいいち「早く寝とく」の「早い時間」がわからない。もう夕方だ。少しあたりが暗くなったと寝ていたかもしれない。そして、まだ完全に暗くならないうちから、「眠れねえなあ」と言うのだ。寝過ぎじゃないのか。さらに、古代ローマと言えば、映画『ベン・ハー』を思い出すが、あの映画のなかで、「困った困った、眠れないぞ。ほんとうに困った。あしたは戦車競走の日だというのに、どうしたらよいのだ」などと言っていた記憶はないのだ。

ギリシア悲劇のなかでコロスは歌うだろうか。

「おお、眠れない。眠れない。おお、神よ、どうか眠らせてくれたまえよ」

そんなことを歌っただろうか。

眠れない人の歴史について私は無知だ。世界史の授業でも教えてもらわなかった。だが、きっといたはずである。歴史に埋もれてしまった眠れない民たちだ。

では、眠れない彼らはどのように解決していただろう。

なにかで読んだことがあるのは、『失われた時を求めて』のマルセル・プルーストも不眠症だったという話だ。プルーストになると、すでに近代以降の話になってしまって、むしろ現在に近い。プルーストの時代にはすでに睡眠薬が用いられていた。薬がなかった時代はたとえば酒に酔うのも一つの方法だったのだろうか。子守歌は、子どもだけのものではなかったかもしれない。心地よい音が人を眠りに誘ったかもしれない。

以前も書いたが、あえて繰り返す。

眠れないのを用心して、私は病院で睡眠導入剤を処方してもらっているが、仕事で地方に行ったとき、それをバッグに入れるのを忘れたことがあった。まったく眠れない。「睡眠導入剤を忘れた」という状況が、さらに眠れなくする。そこで酒でも飲めばいいのかと私は単純に考えたものの、私は酒を一滴も飲めない。それでも、私は酒を探した。藁《わら》にもすがるとはこのことだ。ホテルの自動販売機コーナーに行った。ビールがあった。それと並んで、缶酎ハイというものがあった。缶酎ハイを飲んだ。甘い。こりゃいいや。そう思ってぐびぐび飲んだ。だが、酒はやっぱり、酒だった。甘くたって酒だ。心臓がばくばくして死にそうになった。

そうなんだ。

眠れないとはそういうことなんだ。

心臓がばくばくすることだ。心配ごとがあって眠れないという人がいる。そんな人は、缶酎ハイを飲んで、心臓をばくばくさせればいいのだ。死にそうになったら、心配ごとなど忘れてしまうだろう。酒に強い人はどうなのか。もっと飲めばいい。ものすごくアルコール度数の高い酒を飲めばいい。それでも心配ごとがあって、まだ眠れないなら、眠らなければいい。ではどうするのか。

「同じ『ダイ・ハード』を続けざまに四回観る」

そうなんだ。すごいんだよブルース・ウィリス。どんなことがあってもけっして死なないのである。それを四回だ。死なない人を四回も見ていれば、心配ごともなくなってしまうだろう。

いや、ほかにも人は、さまざまな理由で眠ることが妨げられる。だからこそ強調したい。「同じ『ダイ・ハード』を続けざまに四回観てみろ」

生き地獄である。

3　生活の歴史 ― 「誰が居候するのか」

かつて、「居候」という言葉は、ごくあたりまえに使われていた。「いま、うちに高校時代の友だちが居候してましてね」といったことはよくあったし、「部屋を追い出されたので、友だちのところを転々と居候する」といったことは実際にあった。いまでも消えてしまったわけではないだろうが、ある時代を境にして、「居候」という概念そのものが稀薄なものになったのは、豊かさもあるだろうし、ライフスタイルの変化が大きい。

だからあえて、いま居候が家にいたらと私は考える。居候がいるからこその、生活の活気だ。

とはいっても、誰でもいいわけではない。

誰か、特別な人に居候してもらいたい。

「王貞治」

世界の王である。そんな人が自分の家に居候していたらすごいじゃないか。とはいっても、もう老人だ。早起きなんだろうな。歳をとってもバットを振るんだろうな。そのスイングのスピードが老人とは思えないかもしれない。食事のとき、打撃理論を語ってくれるだろう。長嶋のちょっとしたエピソードも話してくれるかもしれない。川上哲治の悪口も口にしてしまうかもしれない。なにしろ、世界の王だ。いやだよ。気まずいよ。

では、「ユリ・ゲラー」はどうだろう。ま。言わずもがなだが、家中のスプーンを曲げるのかもしれない。たいへんに迷惑だ。だったら、「チャーチル」はどうだろう。「ヘミングウェイ」はどうか。「開高健」や「中江兆民」はどうなんだ。

いやだよ。

居候なんかさせるのはめんどうだ。誰が居候でも気をつかうじゃないか。だいたい、チャーチルとなにを話せばいいのだ。英語だぞ。簡単なことなら話は通じるかもしれないが、国際政治について、どうやって議論すればいいのだ。ヘミングウェイや開高健に釣りに誘われるのも面倒だ。

居候はだめだ。

それが現代の生活意識だ。

ルート23

1　追想――「七〇年代のこと」

前回、「睡眠」について書いた。あれから少しこつを摑《つか》んだなと思ったのは、眠るとき、たとえば、iPod や、iPhone で音楽を聴く方法だが、なんでも聴けばいいというものではない。とはいっても、デスメタルがだめとも言い切れず、あまりに激しい音を聴いていると眠くなるときが人にはある。では、単調な音楽だったらいいだろうか。

かつて眠るための音楽というCDを買ってしまったことがあった。アンビエントなというか、ミニマルなというか、静かな音楽だったたし、音楽というより、単に「音」が収録されたCDもあった。たしかに眠れそうな気がする。けれど、それを流したところでまるで眠れなかった。なにか音がしている。ぽーんとピアノの音だろうか、あるいは水の音がする。なにか鳴り、それが続く。なんの音だ。なんのつもりだ。いらいらして眠るどころではないじゃないか。前回、眠りについて書いたあと、いまもそうしたCDがあるのか、Amazonで探してみた。

『眠る5分まえに聴くCD』

その五分前をどうやって計算すればいいのだ。眠れないのだ。五分後に眠れるとわかっているのなら、聴かなくてもいいじゃないか。「『CDジャーナル』データベースより」と付記された解説にはこうあった。

「同名の本とセットで使ってというCD」

どうやら、本がセットになっているらしい。それを読むことでいっそう不眠を解消してくれるらしいが、本がどういった内容か説明はない。本を読みながら眠るわけではないだろう。CDの聴き方をレクチャーしてくれるのだろうか。そんな面倒なことをしていたら、余計に眠れなくなるじゃないか。さらに解説は続く。

「病気というほどではないが不眠を訴える人は多い。やっぱしストレスでしょうか」

誰に問いかけているのかわからない。

俺にか？

いや、俺に言われてもさあ。しかも、「やっぱし」という言葉使いがおかしいじゃないか。

「家に帰っても疲れが取れない、あるいはより疲れるという人のために、波の音とやさしいシンセサイザーの音楽が眠りに導きます」

データによると一九九五年に発売されたＣＤだが、シンセサイザーという表記が、たとえその時代にあっても時代遅れではなかったか。

収録された曲のタイトルがすごい。

「安らぎ」

そりゃそうだろう。「にぎわい」ではまずいと思う。

「神秘な光」

いったいどういう意味だ。

「ハレーション」

さらにわからない。そして、「ノスタルジア」「フューチャー」ときて、これで一枚のＣＤだ。「ノスタルジア」はともかく、「フューチャー」ってことはないじゃないか。「フューチャー」と言われて、眠っている場合ではないと思うのである。

眠るのは困難だ。

いま、iPhone からイヤフォンを延ばし、それをしたままベッドに入る方法を発見した。聴くのは主に懐かしい音楽だ。中学生の頃に耳にした音楽は、かつて深夜ラジオを聴いているうち、いつのまにか眠ってしまうようなあの感覚が甦るのだ。

眠い。

ある女性ミュージシャンの方には申し訳ないが、あれは七〇年代だ。しかも私が中学生だったのだから、七〇年代のまさに初頭だ。こんな歌がラジオから流れてくるといつのまにか眠った記憶がある。

歌詞が素晴らしい。

「だからお早うございますの帽子屋さん」

言っていることはよくわからないが、なぜか眠った。よくわからないが眠った。根拠ははっきりしない。それが睡眠の謎だ。

2　時評 ―「あのCMはなんのつもりなのか」

テレビでCS放送を見るのは、たとえば、スポーツ中継があるからで、サッカーでもいいし、プロ野球、あるいはかなりマイナーなスポーツもある。地上波のテレビ番組には頻繁にCMが入るが、CSはそうでもない。CMがあったとしても、何度も同じものが繰り返されるし、そもそも、その内容がかなり偏向している。

圧倒的に健康食品が多い。

なかでも印象に残っているのが、「シジミエキス」のCMだ。シジミである。貝の、あのシジミのことだ。「エキス」というのがなにか魅力的でそれが人をひきつける。効くんじゃないだろうか。からだにいい気にさせる。何種類か「シジミエキス」の商品があるので、どれが、どういうものだったか、商品名も記憶にないが、ただ、どうしても忘れられない要素がそこに二つある。

まず、なぜシジミがいいかだ。

「オルニチン」

シジミには「オルニチン」が含まれているんだよ。「オルニチン」があったら、なにかいいような気になるじゃないか。だが、それがなにか知っているはずがないじゃないか。いったいなんだ、「オルニチン」。語尾が「ン」で終わる、なにかありがたいものを私たちはほかにも数多く知っている。

「コンドロイチン」

なにかかいいらしい。たしか膝にいいんじゃなかっただろうか。「セサミン」というのも聞いたことがあるし、「イソフラボン」もそうだが、次の健康成分には驚くしかない。なにしろ「ゴマ」から抽出される成分だというのだ。

「ゴマリグナン」

で、よく調べると、これは「セサミン」と同じものらしい。「セサミ」から抽出したからって、「ン」と付ければいいのか。ゴマから取れたんだから、「ゴマリグナン」のほうがわかりやすいじゃないか。たとえばこんな会話を人はしてしまうだろう。

「ゴマリグナンって、なにから抽出されるか知ってる？」

「ゴマ？」

すぐにわかるのだ。なにしろ、言葉の頭に「ゴマ」とある。だから、「セサミン」のようにすぐ理解でき、ぴんとこない成分はだめだ。「コンドロイチン」はいったいなにから取れるのだ。「イソフラボン」はなんだ。ここは断固、「ゴマリグナン」でお願いしたい。なぜなら、「ゴマリグナン」はゴマから取れるからである。わかりやすい。ぴんとくる。子どもにだってわかる。

さて、「シジミ」には、「オルニチン」が含まれている。この効果を解説する二つ目の要素を持つＣＭがある。街頭インタビューの手法だ。だが、あきらかに一般の人ではない。やけに自然にやっているが、役者か、モデルとおぼしき者らがインタビューに応える。向こうからその人たちはやってくる。

マイクを向けられる。そして、小さな容器に入れられたシジミエキスを飲まされる。素直に飲む。そして、何人かのパターンがあるが、すべての者らが、まずこう口にする。

それはしょうがないじゃないか。エキスだ。シジミ何十個分かを煮詰めたどろっとした液体である。「濃い」のは当然だ。そして、そこから商品の解説が始まり、その「濃いエキス」をカプセルに詰め、よくある薬のシートにパッケージされている。そして、「これだったら飲みやすいですすねえ」といったことを、インタビューに応える者らは口にするが、反応もさまざまである。なかには関西人もいる。毎日、酒を飲んでいるらしい彼は、「あほでっしゃろ」といかにも関西人らしく言い、そのカプセルを手にして、これだったらいいと感動する。

そして、問題の人物が現れたのだ。

若く見えるが、まあ、四十代後半から五十代の、かつてはかなりハンサムだったろう面影のある男だ。しゅっとしている。ソフトな語り口だ。その男が言う。

「僕たちは、シジミがいいって知ってる世代ですからね」

なんだって。

私はこれまで、「シジミがいいと知っている世代」がいると聞いたことがない。さまざまな世代があるだろう。「ビートルズ世代」という人たちがいる。「ファミコン世代」という、もう若くはない者らもいるのではないか。同じような歳の者らには、「ガンダム世代」がいる。だが、私は知らない。

「濃い」

「シジミがいいと知っている世代」

何歳だ？

私ももういい歳になるが、そのCMで「オルニチン」を教えられるまで、「シジミがいい」ということに無知だった。私だけが無知なのだろうか。友人たちはみんな知っているのだろうか。そして口々に友人らは言うのだろうか。

「俺たち、シジミがいいと知っている世代だからな」

俺は知らなかったよ。どこでみんな知ったんだ。学校で教えてくれたのか。親に教えてもらうのか。そりゃあ、シジミは好きだよ。味噌汁にするとあんなに美味しいものはないよ。だけど、「シジミがいい」って、それいったいなにがいいのか知らないよ。教えてくれよ。「オルニチン」か。みんな知ってたのか。そういう世代か。「シジミがいい世代」はつまり「オルニチン」がいいってわかってるってことか。謎は深まる。

3　映画のある日々　―　『アウトレイジ　ビヨンド』

たけしさんはどこまでもかっこよかった。西田敏行さんに関西ヤクザは似合わなかった。島田紳介さんだったらよかったのに。

ルート24

1 読書 ― 「マルクス『経済学・哲学草稿』」

ある時代、というのはたとえば一九六〇年代から七〇年代だが、それは「経・哲草稿」と略されて呼ばれていた本である。なぜ略したのだろう。よく知られているように、「経・哲草稿」は「疎外された労働」について書かれた部分が有名だ。はっきり理解していなくてもある時代の学生や若い者らは「疎外された労働」についていっぱしの論を説いた。だが、なぜ、『経済学・哲学草稿』は略されたかという謎は残る。たとえば、マルクスだったらほかに『資本論』はどうか。「資論」などと略されたものを私は知らない。まして『ドイツ・イデオロギー』のことをこんなふうに略すだろうか。

「ドイギー」

絶対にない。

『経済学・哲学草稿』は「経・哲草稿」だった。なかには「ケイテツ」と呼んだ者もいたかもしれない。なにか鉄道マニアのようだ。ま、それはともかく、『資本論』は読め。

2　研究 ―「文字を読むための条件」

もう十数年前から私は、小さな文字を読むのに苦労している。『広辞苑』ですら、苦労するようになった。私は『広辞苑』でものを調べたいのだ。だが、膨大な言葉を収録した『広辞苑』は限られたサイズに言葉を可能な限り収めようとする。おのずと小さな文字になる。

ぱらっと引いたところを読んでみる。『広辞苑』の第六版だ。

「かい‐ざん」

まあ、ＰＣで入力するぶんには、「かいざん」と打ち込み「改竄」とすぐ出てくるからい い。これを手で書こうとすると、この「竄」がよくわからないのだ。どうやら「あなかんむり」である。あとはこれ、なんだ？　下にあるのは、なんかぐしゃぐしゃっとしてやがる。「ねずみ」という字なのか？　なんか似ているような気がするが、もう推測に頼るしかないじゃないか。そして当然だが、『広辞苑』には意味が記されている。

かい-ざん【改竄】(「竄」は改めかえる意) 字句などを改めなおすこと。多く不当に改める場合に用いられる。「小切手の――」

こうして「改竄」とあれば、ぱっとした印象で判読は可能だが、じゃあ、「竄」がどういう字か読みとることが困難だ。『広辞苑』が読みたいのだ。語句を引きたいのだ。だが、そこにいくつもの困難がある。

「カフェで『広辞苑』を引く」

あのカフェってやつの照明はどうなってるんだ。微妙な明るさじゃないか。確実に『広辞苑』は無理だ。こちとらはなあ、五十代だぞ。立派な高齢者と言ってもいいんだ。読めると思ってるのかこのやろう。あの照明はなんだ。ムードを出してるのかよ。ムードと引きかえに、高齢者を切り捨てるのか。そりゃあカフェに『広辞苑』を持ちこむのはおかしいよ。なぜ、そんなところに『広辞苑』を持ってきたかわからないだろう。だったら、もう少しカフェらしい書物としての『聖書』はどうか。

まったくだめだ。

それは『広辞苑』より文字が小さい。よくこんなに小さな活字で印刷ができたなと言いたいほどだ。やはり、ぱっと開く。

なんと書いてあるのかまったくわからない。

だが、『聖書』だ。ありがたいことが書いてあるのではないだろうか。ここは拡大鏡を使ってその文字を読む。こうなるともう、米粒に書かれた般若心経《はんにゃしんぎょう》を読むような気持ちだ。

「ダビデは立ち去り、ヨナタンは町に戻った」

そうだったか。ヨナタンは町に戻ったのか。読めなかった。ダビデは立ち去ったんだなあ。そしてヨナタンは町に戻った。戻ったんだよ。大事なところだろう、きっと。大事にちがいない。なぜなら『聖書』だからだ。

だが、普通にしていたら読めない。

いったいこの小さな文字を誰が読めるというのだ。私はそこで提案したいのである。私のようにもう小さな文字が苦手になってしまった者は数多い。だから「老眼鏡」といったものが多用される。けれど咄嗟《とっさ》のとき、それはたとえば地図を開いて道を調べるようなときだが、その地図が読めないことだってある。クルマに乗っている。地図を見る。どこかの交差点を曲がらなければいけないようだ。信号があるらしい。その交差点の名前が知りたいが読めない。

どうしたらいいのだ。

そんなときにいてくれたら助かるのが次のような人物だ。

「小さな文字を読む担当者」

その人に頼めばたちどころに読んでくれる。どんな小さな文字でも大丈夫だ。カフェのあの照明の下でも読んでくれる。

「新井五差路です」

すぱっと読んでくれる。しかも地図を正確に読み取り、「そこ斜め方向に曲がってください」と見事にナビゲートしてくれるのである。「小さな文字を読む担当者」はすごい。あるいは、「風邪薬の用法」を知りたいときがある。けれど、風邪薬の箱の裏に書いてある解説の文字が小さい。なぜだ。箱を開けるとなかに説明書があるのかもしれないが、箱の裏に印刷されているのならそれを読んで済ませたいじゃないか。だが、読めない。カフェで食事を済ませたあとに風邪薬を飲もうとしたらどうだというのだ。

そこに「小さな文字を読む担当者」がいる。

彼はすかさず読んでくれる。

「効能。かぜの諸症状」

まあ、そこまでだったら私にもわかる。なにしろ風邪薬だからだ。そしてさらに読んでくれる。

「鼻水、鼻づまり、のどの痛み、くしゃみ、せき、たん、発熱、悪寒、頭痛、関節の痛み、筋肉の痛み、の緩和」

さらに読む。

「成人（十五才以上）一回2カプセル」

完璧である。

さすがに、「小さな文字を読む担当者」だ。カフェで風邪薬の用法さえ教えてくれる。いてくれたらいいな。なにかと助かると思うのだ。しかし私は、「小さな文字」や「薄暗い場所での読書」は苦手だが、ある程度の遠くの文字は読める。視力はいい。自動車免許の更新で視力検査をしたときなど、検査官に「立派です」と言われたほどだ。だが、遠くの文字が読めない人だっているだろう。近視の人だって多いはずだ。そんなときに必要とされるのが次のような人だ。

「遠くの文字の担当者」

どんなに遠くにある文字だって読める。

「向こうに、ほら、赤地に白い文字でなにか書いてあるでしょ。あれなんですか？」

「あんしんの保険」

遠くにある看板を読むのだ。かなり遠くても大丈夫だ。

「あれは？　紺色の看板に、黄色い文字でなにか書いてあるように見えますが？」

「ツタヤ」

なんでも読める。「黄色地に青の文字ですが」と言えば、「ブックオフ」と応えてくれるし、「黄色地に記号みたいな」とそこまで言っただけですかさず応える。

「IKEA」

すごいぞ、「遠くの文字の担当者」。たしかに、「小さな文字を読む担当者」もすごいが、なにか「遠くの文字」を読む行為にはスケールの大きさを感じる。そして、「もっと遠くの文字の担当者」もいるかもしれない。彼は人が指さした方向を見て言う。それは海の向こうだった。

「ハングルです」

朝鮮半島だったんだ。韓国だ。すごいよ。だが、「もっと遠くの文字の担当者」はそれがハングルだとわかっても、その読み方は知らない。目はいいんだ。ハングルには無知だ。宝の持ち腐れとはこのことか。

3　随筆 ―「伝わらない冗談」

京都の大学で教えていたのももうずいぶん過去になってしまった。

それは九〇年代の終わり、一枚のファックスから始まった。もうべつの場所に書いたことだが、亡くなられた太田省吾さんからファックスが届いたが、太田さんの字は達筆というか、読みづらいというか、要するに悪筆であった。どうやら大学で教えないかという問い合わせだった。はじめその大学が「宇部造形芸術大学」にしか読めなかった。この話は何度も人に話したし、原稿にも書いた。いわゆる私の鉄板ネタになっていた。必ずうける。

「宇部は遠いからね、どうしようか悩んで、そのファックス、そのへんにほったらかしにしてたんだよ。で、ある日、あらためて読んだらさあ、それ、宇部じゃなくて、京都だってわかったんだよ」

そこで人は笑ってくれる。共感してくれる。達筆な太田さんの文字は、「宇部」と「京都」の区別がつかなかったのだ。比べるとどこか似ている。

それで先日、初対面の人にこの話をした。絶対うけると確信を持って話を切り出した。するといきなりこう言われた。

「似てますか？」

こうなるとお手上げである。

「似てないかな」

「だって、宇部と京都ですよ。ぜんぜんちがうじゃないですか」

まったく受け付けてくれない。

「ま、似てないよ、似てないけど、どことなくね、その宇とさあ、京は形が似てないかな」

「似てませんね」

「部と、都は似ていないかな」

「似てませんね」

だから、これはなんとなくの話だ。しかも太田さんの文字が達筆だったというか、悪筆だったという条件がある。だだっと書いた、「宇部」と「京都」は似てるんだよ。断固、似てるンだ。

「似てませんよ」

じゃあ、話してもしょうがない。

ルート25

1　現代批評 ―「余命いくばくもない人の希望」

父が死んでもう八年になった。

そんな日が来るとは思っていなかったのは、かつてどこかに書いたことがあるかもしれないが、生前うちの父は、「俺は死なない」と言っていたからだ。遺《のこ》された家族にとっていくつもの後悔が残る。もちろん私の家族だけではなく多くの人がそうだと思うが、死ぬ前に父が、見たかったものはなかったか、食べたいものはなかったか、たとえ、ささやかでいい、希望を叶《かな》えてあげられたらよかった。

だが、もしこんな死を迎えようとする親族がいたらどうだろう。

「東京タワーが見たい」

もうスカイツリーは建っているのだ。

「お父さん、スカイツリーでなくていいの?」

「東京タワーが見たい」

「でも、スカイツリーのほうが、ずっと高いのよ。世界一よ」

だが、父の希望は頑《かたく》なだ。

「東京タワーが見たい」

見せてやりゃあいいじゃないか。だが、スカイツリーがこれだけ話題になり、大勢の観光客が連日押しよせるというニュースを見ている家族は、車椅子に父を乗せて東京タワーに行くのがどうも面倒になっているのだ。

「なんかねえ、噂だけど、スカイツリー、すごくいいらしいよ」

それでも、呼吸さえ苦しそうになっている父は、精一杯の力で言葉にする。

「東京タワーが見たい」

そんなに言うなら、見せてやればいいと思うが、なぜ、東京タワーがいいのか、どうして東京タワーにこだわるのか、それは誰にもわからない。

2　身辺雑記――「それは研究資料ではない」

この三月まで大学で教えていた。（連載当時）

専任教員として勤務していると「個人研究費」が支給されるので、書籍などを購入したときは領収書をまとめておく。毎月こまめに窓口に提出して申請すればいいが、つい遅くなりがちで、何ヶ月分かまとめて大量に提出するので事務の担当の方にいつも迷惑をかけていた。

やはり今年も、後期の授業が終わってしばらくしてから、数ヶ月分の領収書をまとめて出した。

遅くなって申し訳ない気持ちになっているばかりか、個人研究費の請求として大学との契約で認められたことをしているにもかかわらず、どこか後ろめたさを感じる。けっして不正などしてはいない。研究に必要な書籍やＤＶＤを購入しているだけだ。けれど、この申し訳なさはなんだろう。「申し訳なさ」といった生易しい感情ではない。どこかびくついているのだ。びくびくしている。正しい権利を主張し領収書を提出するだけだが、いつも低姿勢だ。事務所に行く。そこから姿勢が低い。床に顔がついてしまいそうだ。それで、おずおずと領収書の束を担当の方に渡す。消え入るような声で私は言う。

「も、も、申し訳ありません。ここ、ここここ、ここ、こ、個人研究費の、領収書です」

最後は声が消えかかっている。なぜそんなに低姿勢でなくてはいけないのだ。もっと堂々と要求すればいいのじゃないか。担当の方も笑顔で受け取ってくれる。だが、ほんとうに恐ろしいのは提出したあとだ。領収書を提出したその日の夕方、担当の方からメールが来た。低姿勢の私をおびえさせるのに十分な内容だ。まず、購入した書籍やＤＶＤの種類が多岐にわたっていることが指摘される。そのため研究領域がわかりづらいという。たしかにそうだ。私はもちろん「演劇」が専門だし、「サブカルチャー論」や「都市空間論」「メディア論」といった授業を担当していることもあり、それらを総じて、「文化研究」ともいうべき領域について資料を購入している。

けれど、メールにあった次の言葉に私は驚愕《きょうがく》した。

「たとえば、『基本が身につくテニス練習メニュー２００』はその研究で使用されますでしょうか」

使用しない。なぜそんなものを個人研究費として請求してしまったのだろう。失敗した。たしかに、『基本が身につくテニス練習メニュー２００』は研究領域とは考えにくい。なにしろ研究する考えもなければ、テニスをやりたいと思ったことは一度だってない。テニスは素晴らしいスポーツだ。プロの試合を見れば厳しい競技だとわかるし、アマチュアだったらきゃーきゃー言いながらコートを走りボールを追いかけ、さぞ楽しいだろうさ。だが、自分がテニスをしている姿が想像できない。スポーティーなスタイルをした自分も想像できない。まったく無縁な世界だ。しかし、私は買った。『基本が身につくテニス練習メニュー２００』

だ。

じつはこの春（２０１３年）に上演する、『西瓜割の棒、あなたたちの春に、桜の下ではじめる準備を』という舞台の一場面のため、台本を書くのに――結局、使わなかったが――テニスの技術書が必要だった。専門の演劇の領域と主張してもいいが、どうしたって「テニス」と文化研究は結びつかない。

なにしろ、くどいようだが、『基本が身につくテニス練習メニュー２００』だ。しかも、その帯の言葉がすごい。文化研究とは程遠い。

「テニスがうまくなる身体をつくる！」「基本技術と戦術を身につける！」「未経験者もみるみる上達！〝神谷メソッド〟」「まったく新しい！『テニスの教科書』」「テニスがうまくなるには球技の基本から！」

どこが文化研究だ。こんなに「！」をつけるのにどんな意味があるのだ。

この本の領収書を見た事務の担当者は思っただろう。

「なぜ、基本を身につけようと？」

だが、本書はいたってまじめなテニスの教則本であって、監修をするプロテニスコーチの神谷勝則さんにはなんの非もない。表紙にはテニスをしている男女の躍動感に充《み》ちた姿の写真がレイアウトされ、緑地をバックにデザインされている。真剣な表情だ。びっくりするほど真剣にテニスに打ち込んでいる。

何度も言うようだが、だから、どこが文化研究なのだ。

だが、せっかくなので中身も読んでおくべきだろう。「第1章」は「コーディネーション」

というタイトルである。こうある。

「テニスは球技です」

あたりまえのことを言われた。

そして事務の担当の方が、領収書だけではなく、たまたまこの本を書店で見つけて手にし
たら、やっぱり思うにちがいない。

「なぜ、基本を身につけようとした?」

いや、それればかりではないと思う。事務の方は声に出してしまうかもしれない。

「なぜ、基本技術と戦術を身につける?」

だが、それもまた、ある種の文化研究だと言えなくもない。文化研究の幅は広い。

3　列島めぐり ―「錦糸町」

もう上京して三十年以上になる。だが、まだ行ったことのない街は数多い。大学が多摩方

面にあったせいか、東京の西にはなじみがあるが、これまで東方面はまったく縁がなかった。舞台の稽古場があるのは錦糸町だ。

北口に出ると向こうにスカイツリーがあった。さすがに高い。しかも錦糸町からかなり近くにその姿が見える。南口には「楽天地」という懐かしい響きのビルがあった。映画館がある。中に入っていないので想像でしかないが、ボウリング場もあるのではないか。ビリヤード場もあるかもしれない。なにしろ「楽天地」だ。「楽」な「天地」だ。ボウリング場もビリヤード場も、なんならサウナも居酒屋も、キャバクラも、ありとあらゆる歓楽があるのではないか。

なぜなら「楽天地」だからだ。

錦糸町には初めて来た。繊維産業と関係するのだろうか。なにせ「にしき」の「いと」だ。そして、「楽天地」だ。いっそのこと、フラダンスもあればいいと思う。

ルート26

1　稽古場レポート ―「舞台とその周辺」

この四月（2013年）、「シティボーイズミックス」という、シティボーイズの三人（大竹まこと、きたろう、斉木しげる）と、中村有志、いとうせいこう、戌井昭人、笠木泉の舞台の作・演出をした。戌井君と笠木とはそうではなかったが、ほかの男たちとは二十数年前に舞台を一緒にやっていた。久しぶりのことで戸惑うことが多かった。というのも、そのあいだ自分の舞台もあり、その演出法や作り方をまた別の方法にしていたので、彼らのやり方とのあいだに齟齬《そご》があったからだ。

まず、シティボーイズの三人は、もう六十代だ。稽古をしようとするとすぐに休みたがる。少し流して稽古していても、煙草を吸っていて、自分の出番になると喫煙場所から登場するので、わけがわからない。

きたろうさんが、あきらかに喫茶店のウェイターの格好をし、「おまえの仕事はなんだ?」と聞かれる場面がある。きたろうさんは答える。

「見ての通りの経済アナリストです」

ここはいつも笑いが起こったが、はじめ台本では「経済アナリスト」ではなく、「システムエンジニア」だった。それがつまらなくなって、きたろうさんに、「そこ、経済アナリストに変えてください」と伝えると、うれしそうに、「ああ、そうだな、そのほうがいいな」と台本にそれをメモしようとする。

だが、メモをしようとしてきたろうさんは、隣に座っていたいとうせいこう君に訊いたのだった。

「経済……、なんだっけ?」

私が、「経済アナリストにしましょう」と言ってから、その間、約七秒である。七秒でもう忘れてしまった。

鶏なのか?

あるいはこんなこともあった。あるシーンの登場人物の名前は、大島、殿山、小松という男たち。そして女は小山だ。勘がよければ、すぐに大島渚の映画を思い出すだろう。大島作品によく出ていた人たちだ。殿山と言えば「殿山泰司」だ。小松と言えば「小松方正」だ。

そして、「小山」と言えば、大島渚の妻「小山明子」だ。その場面を稽古しているときのことだった。スポーツ新聞を読んでいた誰かが、びっくりしたような声で言った。

「小山明子死んだよ」

それで、スポーツ新聞に目をやると黒字に白い文字で「小山明子」の文字があった。これはまずいな。本番の間近に死んだ人の名前を出すのはいくらなんでも非常識だ。それでみんな口々に言った。

「やっぱり、旦那さんが亡くなって気落ちしたんだろうな」「看病が大変だったそうだしねえ」「精神的なものなんだろうなあ」

ひとしきり、しんみりしたあと、そのニュースをべつの報道でも読もうと、iPhoneを出して検索した。だが、どこにもない。あらためて、スポーツ新聞を読んだ。そこにはこうあった。

「肺炎のため今年1月に死去した映画監督、大島渚さん（享年80）の妻で女優の小山明子（78）が24日、東京都豊島区の新文芸坐で行われた『大島渚特集上映会』に出席した。」

どこをどう読めば、小山さんが亡くなられたことになるんだ。ただ、黒字に白い文字で「小山明子」はだめだろう。勘違いしなくはないし、そこで文頭に「肺炎のため今年1月に死去した」とあると、つい、小山さんが死んだと思ってしまうのも致し方ない。では、いったい「やっぱり、旦那さんが亡くなって気落ちしたんだろうな」という、あの言葉はなんだったんだ。小山さんは気丈であった。立派である。かつて大島渚監督とともに、創造社を基盤に世界に向けて映画を発信していた人だ。

きたろうさんも、大竹さんも、どうかしていた。六十歳を過ぎている。許してください。なにしろ、きたろうさんにいたっては、稽古で自分が提案したことを、三日後ぐらいに、演出の私を非難するように、「宮沢、あそこはちがうんじゃないの」と言うのだ。脳や体力は衰えている。台本をさらに書こうとしたら大竹さんが言った。

「もう脳が限界だ」

限界じゃしょうがないとあきらめた。斉木さんは、若いときからそんなふうだったので、あまり気にならなかった。

2 言葉の世界 ―「猫の手も借りたい」

よく忙しくなると「猫の手も借りたい」と口にするのは凡庸な光景だが、実際に「猫の手」を借りた人がいるかもしれない。どこかの鉄道会社が観光キャンペーンの一環として、「猫の駅長」を売りにしているニュースをなにかで見たが、あれは「猫の手を借りたい」にならないのではないか。なぜなら、どこかあざといからだ。

そもそも「手」を借りていない。

妙な衣裳を身につけさせ、「猫の手も借りたい」という言葉が本来持っている、そこはかとなさ、というか、どこかいじましい「忙しさ」を表現したニュアンスがないのだ。猫駅長を表現するなら、こうなるだろう。

「猫を借りた」

だから、「手」が大切なんだ。猫の手の、あの愛らしさが絵としてイメージできないのだ。「猫を借りた」には美しさがない。だいたい駅長の帽子を被った猫がかわいいものか。

そしていま私は、心の底から「猫の手も借りたい」のである。

それというのも原稿が書けないからだ。猫に頼んでみようとしたがまったく話を聞こうともしない。「頼む、この通りだ」と頭を下げても猫はさっさと姿を消す。「猫への頼みごと」は困難だし、さらに言うなら、「猫の手を借りる」のはよりいっそう難しい。一度、試してみるといい。猫に頼むのである。

「ちょっと手を貸してくれる?」

ぜったいに貸そうとしない。

あなたが、脚立に乗ってなにか作業をしているとしよう。だが脚立がぐらぐらする。こんなときは誰かに下で押さえてもらいたいだろう。猫に「ちょっと押さえて」と声をかけるのだ。だが、猫は、手ばかりか、耳も貸さない。人の話など聞いているものか。

原稿が書けない。

そして、猫はだめだとわかった。そこで私が次に思いついたのは、猫ではない。もちろん亀でもない。だって「亀の手も借りたい」という言葉を誰も聞いたことがないだろう。じゃあ、私の仕事を手伝ってくれる、若い者に任せられるかと言ったら、私はまったく信用していない。あたりまえの話だが、これまで一度だってそんなことを頼んだことはない。けれど、いまはせっぱつまってるんだ。せっぱつまるとてもいいアイデアが浮かぶものだ。

「担当編集者の手を借りる」

もう丸投げである。担当編集者に書いてもらう。私を担当してくれているTさんだったら、きっと書ける。いいんだ。なにを書いたって、責任は私が取る。ブログを書くような気持ちでいいじゃないか。

「きょう、なにを食べたか」

写真入りにしようじゃないか。飲み屋に行って騒いでる写真があってもいいじゃないか。キャプションをつければいい。

「飲んでまーす」

猫の手を借りるよりはずっと確実だ。亀の手を借りるよりははるかにいい文章になると思う。なぜなら、亀の書いた文章は想像ができないからだ。いったい亀はなにを書くだろう。

「わたしの一日」

亀の一日である。亀の生態について私は無知だが、想像するにひどく単調ではないだろうか。いったい亀は何時ごろに目が醒《さ》めるのだろう。それから日が照っているあいだ、なにをしているのだろう。えさを食べる時間は確実にあるだろう。そして、何時に寝るのだろう。

なにもかもわからない。

そこへゆくとTさんだったらなんとかなると思う。編集者である。書くことは仕事の一部だ。「猫の手も借りたい」も、「亀の手も借りたい」も現実性は乏しいが、「編集者の手を借りる」は、なんとかなりそうな気がする。だいたいのことが想像できる。

「飲んでまーす」

それでもいっこうにかまわない。「酔いましたー」でもいいのだ。いまじゃ古くなったが、「ランチなう」でもかまわない。責任は私が取る。だから、断固、頼みたかった。なにも書けないからだ。しかし、その担当編集者にさえ、断られたらどうするかだ。四面楚歌《しめんそか》とはこのことか。だからこうしてやる。

「頼まない」

もう頼んでたまるものか。頼んだっていいことはなにもないのだ。頼むだけ損だし、断られたときのショックはない。猫に頼んでみよう。「ちょっと、これをさあ」と声をかけても、ぷいっと向こうに行ってしまうだろう。亀に頼んだらどうか。引き受ける気があるのか、そうじゃないのか、まったくわからない。なにしろ、亀である。なにかに頼ってもだめだ。

こういうときは書かないに限る。

3　美味ガイド ―「日本で一番美味しい立ち食いそば」

あまり知られていないかもしれないが、日本で一番美味しい立ち食いそばが新宿にある。とはいっても、全国の立ち食いそばを食べたことがないので、きっぱり「日本一」と言えるかどうかわからないが、しかしあえて、私はそれを「日本一」と呼びたい。西口の地下のちょっとしたレストラン街のなかにある。いま調べたら、「永坂更科　布屋太兵衛」と言うらしいが、席のある店舗と、立ち食いのスペースがあり、しかし、そばは店舗と同じものを出してうまい。しかも店舗にはない、「肉天」というトッピングがある。

日本一だ。

ほかの立ち食いそばのことはよく知らない。だが日本一だ。日本一に決まっている。

ルート27

1　生活批評 ―「ベッドの下」

一日の生活において、睡眠はその約三分の一だと計算すれば、かなり長い。しかも睡眠によって人は休息し、次へのエネルギーを蓄える。寝具メーカーの片棒をかつぐつもりはないが、いかに正しい睡眠を取るか、そのためにどういう環境で眠ればいいかは重要だ。好みの問題なので畳に敷いた布団がいいという人もいるのをよく知った上で、私は断言したい。

ベッドに寝ろ。

なぜなら、ベッドの下にいろいろなものを収納できるからだ。たとえば次のような商品のコピーを読めば、誰だってベッドに寝ようと思うにちがいない。商品名は「アブロケット」だ。意味はわからない。

「1日たった5分座って前後に揺れるだけ！　気になるぽっこりお腹をキュッと引き締め。

ＴＶ見ながら楽々エクササイズ♪　折り畳み式でベッド下に収納◎　腹筋運動アシストマシン66％オフ４９８０円」

こんなに魅力的な商品があるだろうか。

そして、最も注目しなければいけないのは、「折り畳み式でベッド下に収納」の部分だ。

「1日たった5分座って前後に揺れるだけ」で、「ぽっこりお腹をキュッと引き締め」るのもすごいが、なにより「ベッドの下」だ。ベッドの下に入るなんて、夢のような商品だ。

さらに「HORIZON」という会社が扱っているフィットネス器具もすごい。

たとえば、商品の一つ「Evolve-JP」は、家のなかでジョギングを体験できる器具だ。よくフィットネスジムなどにあるような、あのごつい器具を家庭用にしたとはいえ、ネットの広告ページにある写真の、女性が走っている姿を見ても大きな器具だと想像できる。そこにはこう謳《うた》われている。

「シンプルでオシャレなデザインのEVOLVEシリーズは、室内でのフィットネスを楽しく演出します。折り畳んで壁に立てかけたり、ベッドの下に収納したり、お部屋の大切なスペースを有効に活用出来ます」

ここでも大事なのは、「ベッドの下に収納したり」だ。繰り返すが、「Evolve-JP」はけっこうでかいんだ。そのでかいものでさえ、「ベッドの下に収納」できるんだ。だったら、べッドだ。畳の上の布団が好きな人がいるかもしれないが、「ベッドの下」には、なんだって「収納」できる。布団の下になにか収納できるかといったら、「とても薄いなにか」しかないだろう。けっして、「アブロケット」は収納できないし、「Evolve-JP」も不可能である。

ベッドだ。

ベッドでなければいけないし、ベッドの下になんでも収納すればいい。フィットネス器具ばかりではない。

「おばあちゃん」

老人のことは大切にしたい。なにかあったとき、ベッドの下ほど安全な場所はないじゃないか。緊急時のためにおばあちゃんはベッドの下に収納しよう。では、おじいちゃんはどうしたらいいのか。ベッドの下に決まってるじゃないか。地震があっても安全である。あと、なにかのはずみで怒ったときも、ベッドの下に収納すれば安心である。

「近所のおじさん」

なにかと、近所のおじさんは口うるさいに決まっている。ベッドの下だ。ベッドの下に入れてしまえばもう安心だ。すると、「おばあちゃん」「おじいちゃん」「近所のおじさん」でベッドの下がぎゅーぎゅーになってしまう。我慢してもらうしかない。さらにそこに、「アブロケット」と「Evolve-JP」といったフィットネス器具もしまっておきたい。まあ、ぎゅうぎゅうになるがしょうがない。あと、フィットネス器具のCMなどでよく知られているようにベッドの下に収納しやすいばかりか、取り出しも簡単だ。料理をしているときなど、おばあちゃんの知恵が必要なこともある。すぐに取り出せばいい。重い荷物を運びたいときもある。そんなときは、近所のおじさんを出せばいい。

ベッドである。

なにより必要なのはベッドであり、そして、ベッドの下の空間だ。いわば、人が生きるのに必要なのは、「睡眠とベッドの下」だということだ。だったら、ベッドの下で眠ればいいと勘違いするむきもあるだろうが、それは本末転倒である。

ベッドの上に寝るからこその、ベッドの下である。

2　旅の思い出 ―「タウン誌を手に入れる」

四月から五月のはじめにかけて、舞台の地方公演があった。といっても、三つの都市を回るだけのこぢんまりとした旅だ。大阪、名古屋、北九州。なかでも、北九州の小倉はとてもいい街だった。舞台に出演していた中村有志君が小倉出身で、幼なじみが寿司屋をやっているというので連れて行ってくれた。小倉の港には、日本海、瀬戸内海、太平洋からの魚が集まるという。だから、なによりネタがいい。もちろん寿司職人の腕もたしかで、とても美味しくいただいた。

そして、小倉でもうひとつ収穫があったとすれば、それはある奇妙なタウン誌に出会ったことだろう。誌名がよくわからない。

「雲のうえ」

なにか北九州にとって「雲のうえ」という言葉に深い意味があるのだろうか。しかも、「雲の上」ではない、あくまでも、「上」はひらがなで表記し、「雲のうえ」だ。なぜだろう。なにもわからない。ただ、「タウン誌」と安易に書いてしまったが、そう表現していいのか戸惑うほどの充実度である。その充実度を考えると「雲のうえ」という誌名もどこか納得がいく部分もある。というのも、その「充実度」がどこか歪《ゆが》んでいるからだ。なにか言っておかなければなるまい。

なんだこれは。

本誌を発行しているのは、「北九州市にぎわいづくり懇話会」である。どんな組織かまったくわからない。バックナンバーの問い合わせ先は、「北九州市産業経済局観光にぎわい部観光・コンベンション課」となっているから、やはり観光キャンペーンの一環として発行されているにちがいない。だが、ほんとうにこれがキャンペーンに貢献できるのだろうか。

「雲のうえ」その第18号の特集は、「北九州市未登録文化財」その第一章だ。となると、さらに第二章以降もあることが予想される。

ともあれ、第18号の表紙がすごい。

「過剰に装飾がほどこされ、これがいったいなにか、もうよくわからなくなった自転車に乗る、角刈りの高校生」

私がこの「雲のうえ」に出会ったことを収穫と書いたのは、その内容にも興味を持ったが、なにより編集方針がわからないからだ。いったい、どこのどいつが、「過剰に装飾がほどこされ、これがいったいなにか、もうよくわからなくなった自転車に乗る、角刈りの高校生」が表紙になった雑誌を喜ぶだろうか。普通だったら、アイドルの女の子だろう。事情はまったくわからないが、もし予算が足りず、アイドルを表紙に使えないのなら、地元のかわいい女子高生でもよかったのではないか。だが、そんなことはおかまいなしだ。

インパクトはある。

角刈りである。地味な顔である。過剰な装飾をほどこした自転車である。でたらめだ。なにか不気味なものを感じて手にしてしまうかもしれない。とりあえず、「角刈りの高校生」のページについてはあとにし、ではどのようなものが、「北九州市未登録文化財」として取り上げられているか、印象に残った「文化財」を紹介しよう。

「マカロニ星人と呼ばれて。」

写真がある。見ためは彫刻である。よく公園などで見るような、台座の上にある彫刻だと思うが、全体の色は白だ。首から下は人間に見える。だが、頭部が、なんといっていいんでしょうか、まさにマカロニを斜めに輪切りにしたものが乗っているという風情だ。本文には、「しなやかな肢体にパスタのような頭。街の人がつけた愛称は『マカロニ星人』。ほかにも『ちくわ女』『ちくわぶ人形』『ちくわお化け』などなど、よくも悪くも自由に呼ばれ放題」とある。たしかにひどい言われようだが、写真を見る限り、その通りである。

ほかにも、「橋野文男さんのテント絵」や、「空に近い土俵」「守るのは猪《いのしし》」などあって、どれも紹介したいが、なによりも本号で力を入れているのは、表紙にもなった高校生だ。

「丸尾龍一くんのデコチャリ」

記事を読むと丸尾くんはデコトラに憧れているという。まだ自動車免許を取ることができないので、自転車に異常なほどデコラティブな装飾をほどこしてしまった。本文を引用しよう。

「1月の冷たい空気を、ラッパのような破裂音がつんざいた。遠くに聞こえるは映画『トラック野郎』のテーマ曲『一番星ブルース』近づく菅原文太の歌声。次の瞬間、曲がり角から、銀色のいかつい造形物が現れた／ひとことで言うなら『生後一ヶ月のガンダム』。自身の体重に耐えかねて小刻みに揺れながら走るそれは、門司区吉志に住む丸尾龍一くんの愛車だ。世に言う『デコチャリ』である」とあって、ライターとおぼしき、この原稿の筆者は質問する。「すごいねえ！　それ、名前はあるの？」すると、丸尾くんはきっぱり答えるのだ。

「龍一丸、です」

ひねりはないのだ。自分の名前のままだ。角刈りの高校生に、妙なひねりを求めてもしょうがないじゃないか。しかも丸尾君は、濃い紫色の作業着のようなものを身につけている。胸ポケットの上に「龍一丸船団」と白い文字が入っている。「船団」の意味はわからないが、団員を募集している。角刈りである。過剰な装飾である。自転車である。ひねりはない。ひねりはなくても、「龍一丸」であり、「龍一丸船団」の団員は募集しているのだ。なにがいけないんだ。

小倉はいい街だ。北九州はいいところだ。「雲のうえ」がある。そのバックナンバーを注文しようと私は考えているが、「龍一丸船団」の団員にはなりたくない。

3　連載小説 ―「龍一丸の栄光」最終回

そうして龍一丸は玄界灘《なだ》の海深くへと静かに沈んでいったのです。

ルート 28

1　今月の人 ―「サイトウ君」

かつて私の舞台にも出たことのある、サイトウ君という、小劇場で活動している俳優がいる。彼について私はよく知らない。私生活について詳しいことを聞くこともなかったし、浅草あたりに住んでいるようだがそれ以上のことにあまり興味もなかった。ただ、サイトウ君はなにかいいものを持っている。どこか魅力を持った俳優だ。機会があれば、また一緒になにか仕事をしたいと思うが、最近、上演しようと思う傾向の舞台と、サイトウ君の俳優としての、ある種の質がどうも合わないのだ。

サイトウ君とそろそろ舞台を作ろうと思ったころ、たとえば、次のようなメールが来る。なにが言いたいのかよくわからない。やぶからぼうにこう書き出される。

「宮沢さんの家の近くの、前にお話しした、めんきやしま、というどん屋さんは混んでいます。」

なぜその混んでいる店のことから切り出すのか理解できない。そしてメールは次のように続く。

「それぞれ人の好みは違うので何とも言えないですが、でも体のことを考えると、うどんは成分的に健康にどうなのかわからないですが。」

ここで、句点だ。センテンスが終わる。いよいよ理解できない。その店のうどんは美味しいのだろう。そして、「人の好み」はちがうだろう。ではそのあとに続く、「でも体のことを考えると、うどんは成分的に健康にどうなのかわからないですが。」はなにが言いたいのだ。しかも、句点で閉じるのだ。

そしてこう締めくくられる。

「ただの炭水化物かもしれないですが、塩分とか少々あるのでしょうか。」

問われても困るんだよ。

メール自体がこれで終わりだ。

いったい、うどんのなにが語りたかったのだろう。サイトウ君と舞台を一緒にやりたいと私はいつも考えている。毎年、私の誕生日になるとメールをくれるほど律儀な男だ。

「宮沢さんの誕生日がやってくると一年の終わりを感じます。」

そんなこと感じるなよと言いたい。たしかに私の誕生日は十二月だが、そんなことで、一年を振り返られても困るのである。そしてサイトウ君は僕の舞台を必ず観に来てくれるし、トークイヴェントのようなものがあれば、やはり足を運んでくれる。

あれはたしか、『ヒップ　アメリカにおけるかっこよさの系譜学』（スペースシャワーネットワーク）という本が刊行されたとき、翻訳のSさんと、かつて東大の授業が話題になり、さらに近年はトマス・ピンチョンの翻訳の専門家として著名な佐藤良明さんと三人で公開トークをしたときだ。その日もサイトウ君は来ていた。一通りトークを終えて、会場から質問を受ける。するとサイトウ君が手を挙げた。なにかいやな予感がした。大丈夫だろうか。なにしろ、「それぞれ人の好みは違うので何とも言えないですが、でも体のことを考えると、うどんは成分的に健康にどうなのかわからないですが。」の人なんだよ。しかし、サイトウ君はとても正直だ。トークのなかに出てくる固有名詞などでわからないことがいくつかあったと言う。具体的に、それがなにか、逆に私が質問した。サイトウ君は言った。

「えーと、あれ、なんでしたっけ、作家、あのー、ピンチンでしたっけ？」

佐藤さんの前でなにを言い出すんだこの男は。ピンチョンだよ。トマス・ピンチョンだ。話をちゃんと聞いてろよ。だが、わからないことを正直に質問する態度は立派だ。名前すら、ちゃんとは覚えていないのだ。なにもかもわからない。だからといって知ったかぶりなどしない。

「ピンチンでしたっけ？」

佐藤さんは穏やかに笑っていらした。

ことによったら、内心では苦々しく思っていらしたかもしれないけれど、そんな素振りを微塵《みじん》も見せない。こちらも立派である。そして、サイトウ君だ。わからないことは質問する。とてもいい。ぜひ、再びサイトウ君と舞台を一緒にやりたい。なにかきっとまた、わけのわからないことを言ってくれるはずだ。なにしろ、「ピンチン」である。

2　アンケート批評 ―「これからお葬式を準備される方のために」

かつて「正義の味方引越センター」という引越し業者のことを書いたことがある。べつの場所で取り上げた話なので詳しくは書かないが、引越しが終わったあと、アンケート用紙を渡された。今回の引越しに際して、いくつか質問があり、なかでも注目したのは、なぜ「正義の味方引越センター」に頼んだかという問いだ。五択だった。五つのなかから一つ選ぶ。その最後にあった答えがすごかった。

「正義の味方だから」

迷わず私はそれに丸をつけた。

　さて、いま私の手元にあるのは、「これからお葬式を準備される方のために」というアンケートである。遠い親族がつい最近、死んだ。身寄りのない人だった。それでさまざまな手続きをするのに、少し遠い、埼玉や茨城の役所や金融機関に行かなければならなかったが、まずは、簡単な葬儀を済ませるのが先だ。葬儀が終わって数日後、封書でアンケート用紙が送られてきた。それが「これからお葬式を準備される方のために」だ。

　なにより驚いたのは、アンケートに答えるだけで五千円もらえることだ。

　こうなると何回もアンケートに答えてしまう者が出現するのではないかと心配になる。だが、そんなに人は葬式をすることはない。そう思って油断していると、こっそりアンケートに答えようとする者もいるかもしれない。すぐにばれると思う。なぜなら、そうそう葬式は出せないからだ。アンケートはとりあえずは一回だ。しかも、たった五千円のために、何度も葬式を出すのは不合理である。というか、本末転倒だ。なんのための死者の弔いだ。

　五千円がほしいからか。

　少し話はずれるが、この「五千円」がどうも怪しい。この微妙な金額設定はいったいどういうことになっているのか。「一万円」というきりのいい数字ではいけなかったのか。もっというなら、「千円」でもいいのではないか。きりがいい。だが、「千円」に喜ぶのは小学生までだ。いまどきの中学生や高校生になると、千円をばかにするかもしれない。だったら、「三千円」はどうか。そのとき社内で誰かが言ったのだ。

「もうひと声」

なぜそんなことを言う必要があるかわからないが、たいていこういうことを決めるとき、誰かが、「もうひと声」と叫ぶ。なぜなら、言いたいからである。逆に考えると「言いたいだけ」である。それで「三千円」に決まりかけたとき、またべつの声がする。

「まだまだ」

これも意味がわからないが、やはり言いたいだけだ。言いたいだけに決まってるじゃないか。なにしろ、「まだまだ」の根拠がわからないからである。だが、結局、いろいろあって「五千円」になった。「一万円」は出せなかった。せいぜい、「五千円」が、「これからお葬式を準備される方のために」のアンケートに出せる金額だ。妥当である。

ともあれ、アンケートは、「1お葬式について」という質問からはじまる。

そりゃあそうだろう。なにしろこれは「これからお葬式を準備される方のために」というアンケートだ。これがいきなり、「支持政党について」だったら、なんのことだかわからない。ここはやはり、「お葬式について」だ。それで私は安心した。その問いは「お送りした方はどなたですか?」だ。そこになにを書くかだが、「(続柄)」とあって、どのように記せばいいか書かれている。「父」とか、「叔父」といった表記をするべきことがこれでわかるが、葬儀のあと、気が動転している家族はうっかり、「六ちゃん」などと、生前に呼んでたニックネームのようなものを書いてしまうかもしれない。「六ちゃん」だったらまだ名前らしいとわかるものの、その人がいつも縦じまのシャツを着ていたというので、うっかり「タテジマ」と書いたら、いよいよわからない。「(続柄)」と書いてあってほんとによかったと思う。

そして私がもっとも印象に残ったのは次の質問だ。

「大切な方とのおわかれにあたって、大切にされたことを3つ選ぶとしたらどれになりますか? 最も大切にされたことから順番に[ ]内に「1〜3」の数字を入れてください」

そして、その選ぶべき例が並べられている。

「お葬式を施行する葬儀社」「葬儀式場へのアクセス」「葬儀式場の設備」「お葬式会場全体の雰囲気」「故人の遺志(遺言・エンディングノートなど)」「家族・親せきの意見」「価格/予算」「(お寺など)宗教者」「その他」

これを読むと、まず質問に「大切」の文字が多いのが気になるがそれはまあいい。

それより疑問なのは、一つ選ぶならまだしも、大切にした順に番号を入れなければならないことだ。たとえば、「その他」を1番にしたらどうなのだろう。なにが「1番の決め手」かわからない。そして、「お葬式会場全体の雰囲気」が2番だ。事前に葬式の会場になる場所を下調べしていたのだろうか。となると3番は、「葬儀式場の設備」だが、繰り返すように、なぜ事前にそれを知っているかが謎になる。

それにしても「その他」だな。アンケートといえば、決まって「その他」はあるのだ。このほかにいったいなにがあるのだろう。

「勢いがある」

葬式にはふさわしくないのではないか。

3　今月の詩　―「夏のストーブ」

出しっぱなしだったんだ。

しまいわすれたんだ。

邪魔なんだ。

ああ、ストーブよ。

ルート29

1　回想――「なぜ私は沖縄に行くことになったか」

九月に新作の舞台がある。

なにも思いつかなかった。戯曲が一行も書けない。というのも、去年の夏から歌舞伎の台本の構想を練りはじめ、その台本を書き、さらに並行して、春に上演したシティボーイズミックス『西瓜割の棒、あなたたちの春に、桜の下ではじめる準備を』の台本も書いていた。歌舞伎はこの夏の公演だが、「シティボーイズミックス」は、四月から五月にかけ各地で上演し、終わってもその余韻が抜けずに、なにかぼんやりした状態だった。抜け殻である。ふぬけである。ぼんやりしたままだ。次の作品のことなど考えられるはずがないじゃないか。だが、もうぎりぎりだ。なんとかしなければならない。ここを突破してこそ、プロの劇作家だ。そして、私は突然、思いたった。

「よし、沖縄に行こう」

この飛躍は自分でもよくわからない。

なんの根拠もないのである。根拠のない決断である。だからべつの場所でもよかった。

「アゼルバイジャンに行こう」

そこがどんな国か知らないけれど、なにか口にすると気持ちがいいし、決意のほどが感じられる。なにしろ「アゼルバイジャン」だ。それがたとえば、「ハワイに行こう」ではまずい気がする。「グアムに行こう」もだめだ。しかし、どこでもよかった。どんな土地でもいいのだ。なにしろ根拠はない。

「そうだ、幡ヶ谷に行こう」

少し説明が必要になるが、私が利用している最寄り駅は「初台」という駅だ。京王新線の「新宿」の次になる。そう書くと東京の中心地に住んでいるかのようだが商店街はさびれている。新国立劇場があるが、悲しいほどさびれた町だ。そして幡ヶ谷は初台の隣だ。つまり、隣の町に行ってもよかった。だったら、その地下鉄が乗り入れている京王線の「仙川」でもいい。

「うむ、仙川だ」

仙川が許されるなら、もうどこでもいいじゃないか。赤羽でもいいし、東池袋でもいい。

西荻窪でもいい。府中競馬正門前駅でもいい。というか、町じゃなくてもいいのかもしれない。

「サンリオピューロランドに行く」

もう、なんでもありだ。「ピレネー山脈に行く」でもいい。「アマゾン川をくだる」でもい い。「工場見学に行く」でもいい。「建築現場の見学に行く」でもいいんじゃないだろうか。

むしろ、どこにも行かなくてもいい。なにかすればいい。

「牛乳を飲む」

戯曲が書けるならなんでもやる。「加圧式トレーニング」でもよかった。「牛乳を飲む」より、そこに「トレーニング」という言葉があることで、「お、あいつ、なにかしようとしてるな」といった感じが生まれるのではないか。

だが私は沖縄に行くことにした。二〇一三年の六月だ。

これまで数多くの土地を訪れた。だが、沖縄には一度も行ったことがなかった。べつに戯曲を書くための取材という意味ではない。その島を取材することでテーマや材料を見つけ戯曲を書くつもりなどまったくない。ただ、刺激を受けたかったのだ。歌舞伎の台本執筆と、少し前まで上演していた春の舞台でふぬけになってしまった自分をなんとかしたかったのだ。だったら、「加圧式トレーニング」がもっともふさわしいのではないか。

いやだめだ。

なぜなら戯曲だからである。そして私はアスリートではないからだ。からだを鍛えてどうしようというのだ。こうして私は沖縄に行くことを決意した。私が知っている沖縄の知識はごく浅薄なものだ。島である。複雑な歴史がある。普天間をはじめ米軍の基地がある。ハブがいる。「海人《うみんちゅ》」とプリントされたTシャツが売られているらしい。

そして旅に出る準備をしていた六月の中旬を過ぎたころ、沖縄はもう梅雨が明けたと、ニュースは告げていた。

2　小さな旅 ―「沖縄でものすごい階段を上る」

これを読んでいる人は知らないだろうが（あたりまえだけど）、私はかつて、「バックパッカー」だった。いわゆる「旅行者」だ。旅行者にとって大切な旅の方針はいかにして安い旅行をするかだ。安い飛行機のチケットを手に入れ、安い宿に泊まり、安い食事にありつけるか。

それこそが旅行者の旅の作法だ。

だから、よくありがちな旅のガイドブックなど必要がない。いまではネットがあるので便利になった。比較しながら安い飛行機のチケットや宿を探すことができる。さらに旅行者のなかでも達人と呼ばれるような者なら、旅先のことをよく調べるが、私はただの旅行者ではない。並のバックパッカーとはわけがちがう。

なにも調べない。

行くまでのことは調べても、行った先のことなど知るものか。どこになにがあるかなど、現地に着いてから探せばいいのだ。ぶらぶらしていればなにかに出会う。

ただ、今回は多少事情がちがった。知人から、『本土の人間は知らないが、沖縄の人はみんな知っていること　沖縄・米軍基地観光ガイド』(書籍情報社)という、少し特殊なガイドブックを紹介された。これには興味を持った。なぜなら、ごくあたりまえの旅行案内とはちがうからだ。早速、手に入れた。

異例である。繰り返すが、私はどこに旅に行っても事前にガイドブックを買って下調べをするようなことなどしたことがない。

パリがそうだった。右も左もわからなかった。知ってる名前のところをとりあえず歩いた。セーヌ川沿いを目指し、左岸を歩き、大学街を散策した。たまたま名前を聞いたことがあったのでオルセー美術館にも行った。ニューヨークもそうだ。なにも知らなかったので、あとでわかったが、ブロードウェイのごく近くのホテルに宿泊したにもかかわらず、劇場の前にすら行かなかった。というか、知らなかったのだ。エンパイヤステートビルはホテルからすぐそばに見えたがまったく興味を持たなかった。

ところが今回は、『本土の人間は知らないが、沖縄の人はみんな知っていること　沖縄・米軍基地観光ガイド』をバッグに入れて沖縄に旅立った。

書名を目にすれば、内容はほぼわかるだろう。どこに行けば普天間をはじめとする沖縄の米軍基地を見ることができるかがガイドされている。写真も豊富だ。かなり高性能なカメラでしかも巨大な望遠レンズを使って撮影しており、基地の姿が見事に写されている。

レンタカーを走らせ、「嘉数《かかず》高台公園」に着いたころには、もう夕方に近くなっていた。

その日の午後にならないとレンタカーが借りられなかったので、午前中にバスで糸満市にあるいくつかの戦跡を回っているうち少し時間が遅くなったのだ。地図を見ると公園には駐車場もあるようだった。高台なのだろう。駐車場までクルマで上るのだろう。たかをくくって向かった。簡単に駐車はできた。公園に入った。そして私は、目の前にとんでもないものがあるのを目撃した。

「百段以上ある石の階段」

その頂上まで行かなければ普天間基地を見下ろすことはできないのだ。上った。俺は上ったよ。死にものぐるいで上った。ふだんだったらこんな階段を目にしたらあきらめていたかもしれないが上ったのだ。沖縄に来たことの興奮がそうさせていたのかもしれない。べつに苦ではなかった。すいすい上る。だが、九十五段ぐらいのところで、動けなくなった。息が切れる。心臓がばくばくいっている。そういえば私は数年前、心臓の手術をしているのだ。激しい運動はだめなのだった。だが、あと五段ほどだ。だが動けない。しばらくうずくまっていた。

すぐそこに普天間基地があるはずだ。

最後の力をふりしぼって段を上った。

もう薄暗くなっていた。

上りきった。そして私は見た。

普天間基地ではない。ベンチで抱き合ってるカップルである。私の姿を見ると、さっと離れた。そんなものを見るために私はこの石段を上ったのだろうか。さらに、そこには、展望台というものがあり、回り階段があって三階まで上るのだ。もうこうなったら、上るしかないじゃないか。

普天間基地があった。オスプレイが配備されていた。遠くから私はそれを眺めている。ほかにも、沖縄についてまだ書くことはあるが、それはまたべつの機会に書こう。那覇からクルマで二時間以上走ってヤンバル（沖縄本島北部地域）の東村高江という土地にも行った。

カフェがあった。あまりの環境のよさに東京に帰りたくなくなるほどだったが、iPhoneを使って、ツイッターでこの興奮を呟こうと思ったら「圏外」だった。しょうがないじゃないか。

ただ、沖縄は一つ一つが重い。基地も戦跡もそうだが、それとはまたべつに、なにかずっしりくるものがあった。疲れた。あの石段を上った疲労はあるものの。

3　もの申す―「沖縄の旅行者のマナーについて」

南に向かう人はだめなのだろうか。

那覇空港からモノレールに乗った。観光に来たのだろう、それほど若くはない男がいた。金属性のスーツケースを自分の座っている場所の、隣の席の前にどんと置いている。それがなければ立っている人が一人でも座れる。駅に着くたび乗客が増えるのに、男はスーツケースを動かそうとしない。

このマナーの悪さはなんだ。

その無神経さはなにごとだ。

南に来る観光客はだめなのだろうか。だが、それまで座っていたべつの若い観光客が老婆に席を譲ろうと立ちあがった。ほっと安心したが、驚いたことに、地元の高校生がすかさずその席に座ってしまった。

南の気候は、そして亜熱帯は、人を無神経にさせる。

ルート　30

1　生活の作法 ―「敬称について」

先日、ある文芸誌の――これから文章を進めるにあたってどうしても必要なので、そのまま名前を記してしまうが――、森氏にお会いした。もうずいぶん長いつきあいだ。だが会うのは久しぶりだった。

私の家の近くにある喫茶店にわざわざ来てもらった。そこで私は、森氏のことを、かつてどう呼んでいたか忘れてしまったのだった。

森氏は、僕より年齢が下だ。だったら、「森くん」でもいいはずだが、しばしば、たとえ相手が年下でも、最初に「〇〇さん」と呼ぶと、それ以来ずっと「〇〇さん」としか呼ぶことができない相手がいる。だから、「森氏」にお会いして、どう呼んでいたかわからないのは、たいへんな問題である。

いきなり「森くん」と呼んで、それまで「森さん」だったのに、急に失礼になったと思われないだろうか。

「この人、どうしたんだ、最近、歌舞伎の台本を書いたからって、いい気になってるんじゃないのか。歌舞伎がなんだよ、台本書いたって、たいしたもんじゃないよ。えらそうにされちゃたまらないね。それくらいでえらそうにするなんて、人間の器が小さいよ」

などと考えるかもしれないのだ。

では逆はどうか。

「森さん」

いきなり丁寧になったのである。これまで自分のことを「森くん」と呼んでいた。年長者だからあたりまえだったのに、なぜ、きょうに限って「森さん」なのだろう。森氏は考える。これにはなにか魂胆がある。

「金を貸してもらいたいのか？　きょう小説の話をしようと言って会ったが、それは口実で、ほんとは金を借りようってことじゃないのか」

だが、いくら待っても金のことを持ち出さない。それでも、繰り返し、「森さん」と呼ばれるのが不愉快だ。

「ああ、そうか。言い出せないんだな。金を貸してくださいと堂々と言えばいいじゃないか。

なにぐずぐずしてやがんだ、まったく」

そう思うにちがいないのである。

だが、私はすっかり忘れてしまった。「森くん」と呼ぶべきか、「森さん」と呼ぶべきだったか。日本語に限ったことではないのかもしれないが、こうした敬称の使い方はきわめて困難を人に強いる。だからって、こんな呼び方もないだろう。

「森先生」

だいたい、森氏は、私より年少である。その人に向かっていきなり「先生」ってことはないじゃないか。

「森候補」

いよいよなんのことかわからない。

「森やん」

これは単に失礼である。関西人じゃないし、森氏も、私も。

そこで私が考えたのは、どちらにも取れる呼び方である。音を工夫したらどうか。つまり、「くん」と「さん」のあいだの音を出して、どちらにも取れるようにする。するとこうなる。

「森へん」

このとき、「へ」は、はっきりとした「へ」ではだめだ。「え」と「け」のあいだぐらいの音がいい。ちょっと声に出してやってもらいたいと思う。これでほぼ解決するはずである。さらに難しい問題があるとすれば、そもそも、「森氏」の、その「森」という姓を忘れてしまった場合で、しばしば人はこういうことがある。その場合もやはり「変な音」を出せばいいのだ。

「あぎゃぎげさん」

この「あぎゃぎげ」の部分は少し小声で、しかも素早く言うのが肝心だ。

そして私は「森氏」に会った。

小説の話をした。最初に一度だけ「森へん」と言ったが、それっきり名前を呼ぶのをやめた。小説の話をした。長時間話をしてたいへん面白かった。だが、どう敬称をつけたらいいか、それだけは困った。

だから呼ばない。なにしろ困ったあげく、「森ちん」と呼んだらことだからだ。

2　今月の健康―「脳ドックを受けるべきか」

大きな手術をして早いものでもう六年になる。

食べ物の塩分を控え目にするなど、私なりに気をつかって生きているつもりだが、六年前、知らぬまに心臓の冠動脈が詰まっていたように、健康について油断してはならない。そのころ、エコー検査をしたが、脳に繋がっている血管もさほどいい状態ではなかった。いつ脳に障害が起こるかわからない。なにしろ心臓のときなどまったく前兆を感じていなかったのだ。

先日、病院に行って私は発見した。

「脳ドック」

人間ドックという言葉は聞いたことがあるが、脳に特化した脳ドックのことは知らなかった。しかし、怖いな。もし検査の結果、次のように医師に宣告されたらどうしたらいいのだろう。医師は落ち着いた声で言うにちがいないのだ。

「ばかになってますね」

「……治るんでしょうか？」私は言う。

「努力次第です」

「どういった努力を？」

「自分で考えてください」

「でも、ばかですよ」

また中学生ぐらいからやり直しだろうか。いや、私は勉強の好きな中学生だった。成績もよかった。いまから勉強してもいいが、そんなことで、脳ドックで診断された「ばか」は治るのだろうか。

怖いよ。人間ドックもなにを指摘されるかわからないが、脳ドックはいよいよ怖い。なにしろ、「ばかですね」と言われるかもしれないのだ。

しかし繰り返すが健康に油断は禁物である。

そのころ、というのはもう七年ほど前だが、私はただ肩が痛かった。

もう十年以上過去からそうだったし、単なる肩こりだと思っていた。仕事で韓国のソウルに行ったときなど寒い空気のなかを坂道を歩いていたら背中が痛くてしばらく歩けなかった。それでもあまり気にしなかった。ただの肩こりだ。鍼《はり》治療を受ければなんとかなる。実際、鍼によるメンテナンスは、それはそれとして効いたが、ある日、肩から肩甲骨にかけて激痛に襲われたのだ。いままでとはケタが違う痛みだ。

これはなにかおかしいと、しぶしぶ病院に行ったが、医師は足のむくみを見逃さなかった。すぐに「心不全」と診断された。レントゲンを撮った。肺に水がたまっていた。どういう治療か詳しくは知らないが注射で水を抜いてもらい、肩の痛みはとれたものの、もっと取れたのは肺の水だ。二リットルあった。私はペットボトルを二本ぐらい背負って生活していたのだ。肩が痛くなるのもしょうがないじゃないか。

水を抜こう。

医師から水を飲むのを制限され、さらに利尿剤で水を徹底的に抜く。それだけではまだ水は抜けないと思い、病院の近くにあるグラウンドを七月の炎天下、ひたすら歩いたり、走ったりした。自殺行為だったとわかったのはそれからしばらくし、カテーテルで心臓周辺の血管を調べたあとだ。

冠動脈は心臓に繋がる三本の太い動脈だが、それがすべて塞《ふさ》がっていた。人間のからだはよくできており、細い血管をそこから作って辛うじて心臓から血を送っていた。カテーテルによってわかった結果はコンピュータで3D映像として見ることができるが、それを目にした医師は深刻な表情になった。

死んでもおかしくない。

むしろ、死んでいないのが不思議だ。

なにかのかげんで生きている。

そんな人間がグラウンドを走っていたのだ。

炎天下だ。汗をだらだらかいた。心臓もばくばく鳴った。

どうかしていた。

だからこその脳ドックだ。心筋梗塞の人の多くは倒れてから手術だが、私は倒れる前に心臓の異変に気づき綿密な検査と準備ののちに手術をした。予後はよかった。脳もそうだろう。

倒れる前に検査は必要だ。

だが医師は言うかもしれないのだ。

「ばかになってますね」

心臓の手術をしたあと、肩のこりがほとんどなくなった。冠動脈が繋がって血流がよくなったせいだろうか。それで私は、手術の前、友人たちに宣言していた。

「私は頭がよくなる」

根拠は、血行がよくなり、脳にもよく血が巡ると思っていたからだ。

「頭がよくなるとどうなるんですか?」と友人は言った。

「東海道のな、在来線の駅をすべて暗記できるんだ。すらすら言えるな。あと、世界中の国の首都をすらすら言えるし、国旗を見て、それがどこの国の国旗かすらすら言える」

とにかくすらすら言えるのだ。

だが、手術してからも、脳はそれほどよく動いていない。すらすら言えない。そんなに記憶力は向上しなかった。そしてここに来て、「脳ドック」の存在を知った。医師は落ち着いた声で言う。

「ばかになってますね」

人間ドックも恐ろしいが、脳ドックも恐ろしい。胃カメラを飲むのは苦しそうだ。けれど胃カメラより、「ばかです」と言われたときのショックに、人は耐えられるだろうか。

3　連作短編小説　―「森どん」

そう声をかけると、森氏は不審な表情になった。私がなにか言い間違えたとでも思ったのだろう。次の言葉を待っていた。やはり、「森どん」ではなかったか。「森くん」でも、「森さん」でもないと思った私は、賭けに出たのだ。「森どん」と呼んでみた。まさかとは思ったが、やはり、そのまさかは存在しなかった。

ルート31

1　日本語講座 ―「残暑について」

さて、「残春」という言葉はあまり耳なれないが、辞書には「残り少なくなった春。春のなごり。春の末」とある。「残秋」や「残冬」もあまり使わない。「残秋」は、「秋の末。なごりの秋。晩秋」と辞書にあり、しかし「残冬」にいたっては辞書にもなかった。

こうしてわかるのは、残るのはもっぱら「暑さ」だということだ。

なにしろ、「残春」が「残り少なくなった春。春のなごり。春の末」と説明されても、残っている感じがまったくしないじゃないか。ただただ終わっていくことを表現している。そして、「残夏」という言葉がないことに注目してほしい。「残暑」だ。「残夏」ではない。残るのは「暑」だ。「暑」が残ることで、人はひどくうっとうしい気分にさせられる。

そして、「寒いよー、まだ、こんなに寒いよー」と口にする言葉の響きはあっても、だからといって、「残寒だなあ」とは言わない。まして、「残冬」だなあとは口が裂けても言わない。なにしろ、「残冬」という言葉はないことになっている。

三月になると人は期待する。「ようやく春になるんだな。桜のつぼみも出てきた。『残寒』はあるものの、春の期待はいやがうえにも高まるなあ」と口にする者がいるだろうか。逆に「まだ暑いですなあ、残暑ですなあ。早く涼しくなってほしいものですなあ」とうんざりしたような顔で語る者は数多い。

ここに、「残暑」の特別性がある。

だいたい、「残」のあとに来るのは「季節」ではなく、「寒暖差の感触」なわけで、「残春」というのは、逆に曖昧《あいまい》だ。すでに書いたように「残り少なくなった春」といった意味だから、ここにあるのは負の言葉だ。「春が残っている印象」はぼんやりとしか言葉に含まれていない。だが、「残春ですなあ」と口にしたい、ではその場合、なにを基準にそれを決めたらいいのか。

「桜が散らない」

これはあきらかに、「残春」だ。「もう散ってもいいんじゃないのか」と人はあんまり長く咲いている桜に不安を感じるだろう。

六月の末まで咲いている桜。

梅雨になって雨が降ったからようやく散る桜。

ありがたみがないじゃないか。桜はぱっと咲いて、ぱっと散るところに美学がある。まあ、桜がぱっと散る美学に、いろいろな思想性がこめられいやな気分になる部分もあるが、四月に、「咲いたー、春だー、満開だー、満開だー」と騒いでいた人が、梅雨だというのにしつこく咲いている桜を見たら、なにを思うだろう。

「もう桜はいいよ」

ありがたみがないのだ。一瞬にして季節を感じさせてくれるあの感じがいい。桜吹雪もいい。

では、「残秋」はどうだろう。小津安二郎の映画のようだ。しみじみとした味わいがある。人生の深みを感じる。この言葉を単純に、「秋の末。なごりの秋。晩秋」にしておくのはもったいない。べつのニュアンスで語ってもいいじゃないか。映画のタイトルになっていてもいいじゃないか。小説のタイトルでもいい。ビールの銘柄でもいい。冬になるのかなと思ってコートを出したのだ。まだ秋だった。もう十二月、寒くなるだろうと思ってストーブを出した。まだ秋だった。こたつに入って紅白歌合戦を観ようと思った。まだ秋だった。

人の気持ちを徹底的に裏切る。

2　探求 ―「林美雄を探して」

かつてＴＢＳラジオに林美雄というアナウンサーがいたことをどれだけの人が知っているだろう。あるいは記憶しているだろう。たとえば、一九七〇年代のはじめ、荒井由実、のちの松任谷由実を見いだし、「この人は天才です」とまだデビューしたばかりの彼女の歌を毎週のように、担当していた深夜番組「パックインミュージック」で流し、世に知らしめたことは伝説的に語られている。石川セリもそうだ。山崎ハコもそうだ。さらにラジオに初めてタモリさんが出演したのも林さんのパックインミュージックだ。

すごかった。

一九七四年の夏の終わりにいったんはパックの第二部（午前三時から放送されていた）を終了して林さんはしばらくパーソナリティーから離れるものの、聴取者の圧倒的な支持で、七五年の六月にあらためてパックの第一部に復活する。独断と偏見、そして気骨のある番組だった。だから松任谷由実をあれだけ推したし、自分が見て面白いと思った日本映画（当時、衰退の一途にあった）を徹底的に擁護した。

その人がいよいよパックを去ったのは、八〇年の九月だ。最後に映画『青春の蹉跌《さてつ》』の音楽とともに話していたが、ふっと声が途切れ音楽だけになる。それから二分三十秒沈黙があるが、「いま音声としては流れていませんでしたが、いろんなこと話しました」と林さんは語った。電波に乗らない二分以上の語りがあった。いったいなにを話したのだろう。外部に公開できないなにかの言葉だ。放送への忸怩《じくじ》たる思いだろうか、時代への苛立ちだろうか。その空白に林美雄が語ったことを知りたいのだ。だが、林さんはもうこの世にはいない。

ではその最終回にスタジオ近辺にいた人に話を聞けばと思い、たまたまいたはずのムーンライダーズの鈴木慶一さんに話を聞いた。慶一さんは言った。

「酒を飲んでいたので、まったく覚えていない」

ミュージシャンはだめだ。遠藤賢司さんや、頭脳警察のパンタさんなど、何人もミュージシャンがいたはずだが、まったくあてにならない。だったら、当時のディレクターに会いにいけばいいはずだが、どこにいまいるのかわからない。調査中だ。

もう三十年以上も前の話である。

たしかに記憶しているほうがむつかしいだろうが、私はどうしても知りたい。あの空白の二分三十秒で、林美雄は、放送に乗せて語れなかったなにを言葉にしたのか。それにしても、ミュージシャンはだめだ。酒飲んでやがったんだよ。ちっとも記憶してないんだよ。

このことはTBSのプロデューサーと相談して番組にしようと企画している。まだ多くの人に会って話を聞かなければならない。だが、しつこいようだが、ミュージシャンはだめだ。

それはそうと、そのことに私が興味を抱いていたころ、「小説すばる」という雑誌で奇妙な連載が始まった。

「1974年のサマークリスマス　林美雄とパックインミュージックの時代」

なんだこの共時性は。だっていま、林美雄に興味を持つという意味がそもそもわからないよ。知っている人だってもうほとんどいないと思うのだ。だけど柳澤健さんという方が林美雄のルポルタージュを書いている。私はこうした偶然とシンクロニシティにいつだって得体の知れない畏怖《いふ》を感じているのです。

3　現代の眼 ―「劇場の女」

べつにいけないわけではないが、どうもその場にふさわしくない気にさせる事態は存在する。知人の舞台公演だった。よく知っている女優が出ていたので観に行った。まもなく開演する。ぼんやり私は芝居が始まるのを待っていた。そのときだ。開演ぎりぎりになって客席に女がやってきた。そして、私は見たのだ。

「客席に座るなりブラシで髪をとかす女」

いや、けっしていけないわけではない。禁じられているわけでもない。なにしろ、劇場ではよくある、「携帯電話は電源からお切りください」といった開演前のアナウンスにもそんなことは一言も触れられていない。かつて劇場で、「客席でブラシで髪をとかすのはご遠慮ください」という注意など聞いたことがあるだろうか。

いや、なかった。

べつにいいと思う。髪をとかしたかったら気が済むまでとかせばいいさ。だが、なにかちがうんじゃないかと私は感じた。なにしろそこは劇場である。劇場に入り、そして客席に腰を下ろしたら、観客には、観客としてのするべき、ふるまいというものがあるような気がする。私もその日は観客だ。観客らしくいたつもりだ。けっして客席で原稿を書かない。頼まれてもいないのにブースにいる照明さんに向かって、あそこもう少し明るくしてくださいなどと指示もしない。観客だ。だったら、渡された大量のチラシを一つ一つ見るとか、慌てて携帯やスマホの電源を切るとかするべきことがあるはずだ。

髪をとかすとはなにごとだ。

たしかにいけないことじゃないだろうさ。けれど、なにかがちがうと思うのだ。だいたい、なぜ客席に座るなりすぐにそうしたかだ。いや、繰り返すようだが、いけないわけではないが。

4　連作短編小説 ―「残春」（第三回）

もう汗ばむほどの季節になってもいいはずだと思うのに、多恵子は、今年は春からずっと、ああ、やっと春が来たのだわという思いを続けていて、それが奇妙だと思ったのは、もう七月になっていたからだ。天気予報によると、「今年は春が長引く傾向にあります」と言っていた。「いやだわ」と妹の咲恵は言った。妹の言葉を聞いて多恵子は、たしかに一つの季節が長引くのはいやだと思いながら、「いいじゃない、春なんだもん、寒いより暖かな季節がいいのじゃないかしら。まだ春なのよ。春って素敵じゃない」と妹をたしなめた。それでも咲恵は、「いやだわ」と繰り返す。なぜそんなふうに妹が言うのか、その理由がなにか、多恵子には思いあたるところがあった。「いやだわ」と咲恵はうつむきながらこんどは小声で言った。苦いものがこみあげてくるのを多恵子は抑えられなかった。春はまだ残っている。

ルート32

1　映画研究　―「馬の映画」

私は馬を見た。

馬の映画を観た。

たとえば、スピルバーグが監督した『戦火の馬』だ。そして、タル・ベーラ監督の『ニーチェの馬』だ。そんなに馬の映画があるのか、たまたま立て続けに観ただけだろうか。けれど、よくよく考えてみれば、馬の映画は意外に多い。マリリン・モンローの遺作になったジョン・ヒューストンの『荒馬と女』がある。そのものずばり『馬』という、山本嘉次郎監督、高峰秀子主演の映画がある。

あげていったらきりがない。

タイトルに馬が入っていなくても馬が出る映画もあり、私の記憶では、冒頭、馬が銃で撃ち殺される『ひとりぼっちの青春』という映画が七〇年代にあった。まして西部劇や時代劇の多くに馬は出てくる。黒澤明の『七人の侍』の馬はすごかった。マイケル・チミノの『天国の門』でも馬は疾走し、銃で撃たれて激しく倒れる。それら馬は、その後の車と映画との近しさ、たとえばカーチェースに通じるような速度の象徴だったのだろう。

だが、タル・ベーラの『ニーチェの馬』に登場する馬はほぼ走らない。苦しそうに歩くばかりだ。あの重苦しさはなんだったのだ。

すごい馬の映画だった。

どこかよくわからない土地だ。親子とおぼしき老人と娘が住んでいる。ひどく貧しそうな家だ。馬が飼われている。親子はいつも熱く茹《ゆ》でたじゃがいもを食べているが、フォークなどない。熱いじゃがいもを素手で、ひどくたいへんそうに、手が熱そうに食べる。そして二人とも半分残す。食事のたびにそうなのだ。だったら最初から一個のじゃがいもを二人で分ければいいと思うが、そんなことはしない。ある日、井戸の水が涸《か》れた。もう、ここには住んでいられないと、馬に荷車を引かせ、荷物を大量に載せて家を出て行く。丘の向こうまで親子と荷車を引いた馬は去る。丘の上には枯れたような寒々しい木が一本ある。そのまま、カメラは動かない。じーっと映し続ける。すると驚いたことに、丘を越えてどこか遠くに去ったはずの親子と荷車を引いた馬が帰ってくる。この長い時間はなんだったのだ。

これは馬の映画なのか?

西部劇に見るような速度はなにも感じられない。家の井戸は涸れたが、丘の向こうにもなにもないと知って戻ってきたらしい。ベケットの『エンドゲーム』のような終末の世界が広がっているのかもしれないが、すごすご戻ってくるとはなにごとだ。

しかもゆっくりだ。

これはほんとうに馬の映画なのだろうか。

タイトルは『ニーチェの馬』だ。原題はどうやらちがうらしい。ハンガリー語も英語も不正確だったら申し訳ないが、「トリノの馬」というのが原題らしい。それでも「馬」じゃないか。この速度のなさはなにごとだ。

では、「牛」の映画はないのか?

私はあまり観たことがないし、印象に残っている映画のなかに牛が思い出せないので、仕方なくネットで調べるとこんな映画があった。

『牛泥棒』

日本では未公開のアメリカ映画だ。ここでは「泥棒」が主体で、「牛」は単に、盗まれる対象だ。なんてことだろう。悲し過ぎるじゃないか。あるいは、記憶に残っている映画では、竜巻を素材にした『ツイスター』のなかで、きわめて拙いCGで、竜巻に吹き飛ばされる牛の悲劇的な姿があった。

牛になんてことをする。

もっと牛を尊敬したらどうなんだ。だとすれば、インド映画に期待を持とう。宗教的に牛が敬われている。とはいっても、そんな映画を観たことがない。誰か知らないだろうか。牛が大活躍するインド映画だ。悪を倒し、正義のために町の平和を守る牛の話だ。知らないだろうか。

あと、「カウマン」でもいいんだ。「カウボーイ」ではない。「カウマン」だ。

2　人生訓 ―「他人が固有名詞を忘れる」

人をひどくもどかしい気持ちにさせる〈こと〉や〈もの〉は数多い。そのなかの一つは誰だって一度や二度は経験しているだろう。

「いま近くにいるのだが、声をかけるような関係ではない他人で、けれど、いまそこでその人たちが、なにかの固有名詞を思い出せないでいる」

こっちは知ってるんだよ。

教えてやりたい気持ちになるのだ。「あったわよねえ、ほら少し前、あれ、なんて店だったかしら、焼肉屋で、ユッケで、ほら食中毒出したからって、社長が土下座したとこ、あったじゃない」と声が、たとえばファミレスの隣の席から聞こえるのだ。

もちろん、「焼肉酒家えびす」だ。

隣の席では答えが出てこない。

「なんか、言ってたわよ、地名じゃなかった？　上野？」

いやちがう。

「なんかめでたい名前だったのよね」

近いぞ。近づいている。もう少しだ。

「大黒様？」

「焼肉チェーン大黒？」

ちがう。かなり離れた。しかも、なぜそこにチェーンを入れたのだ。ないのか。もっとめでたい名前が。

「なんかちがうんじゃない」それまで黙っていた者が声を出す。「弁天様じゃなかった？」

いいとこいっているが、なぜか、えびす様が出てこない。だが、このまま順調に話が進めば、ユッケで食中毒を出し五人の被害者を出してしまった店の名前を思い出すだろう。報道陣の前で社長らしき男が土下座をしたあの画《え》を思い出すはずだった。だが、人の気持ちはうつろいやすい。

「焼肉食べたいわ」と一人が言う。

「食べたいわねえ」

共感の声が上がる。

「上野に美味しい焼肉屋があるのよ。橋本さんに教えてもらったんだけどね」

「橋本さん、最近、ちょっと太った？」

「そうそう、なんかねえ、血圧も高いって、なんかやばいよ。すごい数値だよ、このあいだ聞いたんだけど」

「いつ？」

「えーと、先週の、火曜日かな」

「あ、こんどの火曜日、課長、誕生日だって」

いやそんな話はどうでもいいだろ。もしかすると、本人たちには大事かもしれないが、いまは食中毒を出した焼肉屋の話じゃないか。まず、なぜ橋本さんのことに話題を移したのだ。だいたい誰だ、橋本さん。俺は知らないよ。たしかに橋本さんの血圧が高いのは心配だが、そこでどうして課長の誕生日のことなど思い出すのだ。いまは食中毒を出した店のことだ。教えてやったほうがいいのか。「焼肉酒家えびす」と横から口を挟んだほうがいいのだろうか。だが、だめだ。なにしろまったく知らない人たちだ。

しかもだ。よりにもよって、「焼肉酒家えびす」という言葉がいけない。想像してもらいたい。まったく知らない男が、ファミレスの隣の席から、いきなり言うのだ。

「焼肉酒家えびす！」

もしかしたら、彼、彼女らは、すでに「火曜日に誕生日を迎える課長の話」に気持ちが移っていて、社長が土下座した焼肉屋のことなど忘れているかもしれない。そこに不意に、「焼肉酒家えびす！」と宣言するように言い出す者がいたらどうだろう。

私はそんなことはしたくない。

だが、もどかしかったのだ。苛ついていたと言ってもいい。こちらの気持ちを納得させたかったのだ。だから伝えた。

「焼肉酒家えびす！」

だが、そんな言葉は虚しくファミレスの床に落ちてゆくのである。

ある有名なアナウンサーの話を聞いた。

ガンで闘病していた。すでに末期で、しゃべるのも困難になり、家族とのコミュニケーションもままならなかったという。その日、いつものように妻は看病のため病室にいた。そこに知人が見舞いに来てくれたという。

ふと病室の窓の外を見ると、宗教団体の看板が見えた。ある作家がその信者だったという有名な団体だ。作家は不慮の死をとげた。そんな話をしていたが、作家の名前が思い出せなかった。妻と見舞客は宗教団体の看板を見ながら話した。

「なんていう人だっけ？」

「いま私も、あれ見て、そう思ってたの」

「ここまで、名前が出てるのよ」

「そうなの、出ているのよ、ここまで」

「なんだっけ」

「あれよ、あれ、えーと」

そのときだ。

息も絶え絶えだったアナウンサーが苦しげな声で言ったという。

「か、か、か、……かげ、やま、……た……みお」

そうだ。景山民夫だ。

もどかしかったのだ。苛々していたのだ。どんなに病気で苦しんでいても、すぐそばに、固有名詞が出てこない人がいれば誰だってもどかしい気持ちになる。ファミレスや電車のなかで、他人が固有名詞を忘れて出てこないとき、言いたくても相手が他人だけに言えないが、すぐそばで思い出せないのが家族だったからこそ、どんなに苦しくてもアナウンサーは声にしたかったのだ。命がけである。生命を賭《と》してでも伝えたかったのだ。

景山民夫である。

だが、この出来事でわかったのは、ガンで苦しんでいる人の前ではけっして、「固有名詞を忘れてはいけない」ということだ。アナウンサーは家族だったから言えた。まだ救いがあった。なにしろ伝えるのもアナウンサーの仕事だ。

他人だったらどうだ。

苦しい病気との闘いのなかだ。そこに「固有名詞が思い出せない人」がいる。自分は知っている。病気は苦しいが、伝えるのははばかられる。他人である。声をかけていいのだろうか。しかも苦しんでいるのだ。声を出すのも命がけだ。

だから、あらためて言っておこう。

死に瀕《ひん》した病人の前では、けっして固有名詞を忘れるな。絶対にだめだ。病人をもどかしい気持ちにさせてはいけない。

3　連続小説――「牛」

牛がいる。ときどき動く。じっとなにかを見ている。気まぐれにもーと鳴く。牛はじっとしている。

おわりに

もともとそうだったが、私は同じ話を何度もする。先日もある編集者と話をしていると、私が話したことの多くが、その編集者と作った単行本に書いたことだった。

「それ、この本に書いてありますよ」

話すたびに指摘され、自分でもあ然とした。

なにかがだめになっている。

いや、だめなのかどうかもわからない。

なぜなら、「だめになっている」という進行形だったり、年齢のせいというか、つまり記憶力の衰えと言えないのは、最初に書いたように、二十代から変わっていないからだ。学生のころにも、「きみ、おじいさんなの、その話、もう何度も聞いたよ」と言われたことがあった。私もまた、知人から同じ話を聞かされることがある。私は咎《とが》めず黙って聞いている。

その人は話したいことがいっぱいあるのだろう。過剰だ。なにかを伝えたくてたまらない。たまたまそれが、同じ話になっているだけだと感じる。私は同じ話をじっと聞いている。

人より私は、わずかに我慢強いらしい。

この本に収められているのも、ことによったら、同じ話を、ほんの少し声の調子を変えて語っているだけなのかもしれない。おそらくそうだ。みんな同じ話だ。同じ話を繰り返している。

こうした文章を書きはじめたとき、いつか書けなくなる日が来ると思っていた――と、そう書きながら、このこともすでにどこかに書いたような気がするし、ことによったら、まさにこの本にある話かもしれない。

正直、もうわからなくなっている。

記憶も曖昧だ。

なにを書いたかわからない。

ともあれ、いつか書けなくなると思いながら、もう三十年近く書いてきた。不思議でならない。なにかしら書くことのできる技術を身につけたのはあるが、それだけではないように思う。そして、どんな形でもいいから、いつまでも本書にあるような話を書き続けられたらと願い、つまりそれは、こうして書いているのが好きで仕方がないからだ。

もちろん、私の専門は演劇だから戯曲を書くし、あるいは小説も書く。ときとして評論のような文章も執筆し、もともと自分がいるフィールドを論じた演劇論を書くことも多い。それらと、ここにあるものを分けたことがない。異なることを書いていると思っていないからだ。舞台について考えを深めたいときがある。映画でも、音楽でも美術でもそうだが、それらは演劇論をはじめとする文化の話になるし、ふと発見したことが面白くてたまらずそれを言葉にしようと思うとき、それはひどくばかばかしいお話になる。

誰かに伝えたいのだ。そして、なにより、自分が考えるためのメモでもある。面白いと発見したなにかを素材に、べつの書き方をすれば小説や戯曲になる。また異なった観点から書けば評論にもなる。いや、もっとべつのなにか。

ただ、不思議に思われるかもしれないが、この本に収められているような文章を書いているときの私は、どこか不機嫌そうな顔をしている。評論と、ここにある文章のちがいを考えたら、おそらくその程度だ。ばかばかしいことを書けば書くほど、不機嫌そうになる。

では、これをどんな種類の文章だと考えればいいのか自分でもわからない。しばしば、それをエッセイと言葉にしてきたが、正しい定義なのかよくわからない。だったら、こういうときは広辞苑だろう。言葉の定義を知りたかったら広辞苑だ。その第六版を引くと、そこには意外にも「エッセイ」という言葉はなかった。「エッセイスト」はあるが、

「エッセイ」はなく、私が考えるそれは、おそらく広辞苑では、「エッセー」にあたる。「エッセー」の項目には、まずフランス語、英語の綴《つづ》りが示され、そのあとに意味が解説されている。

「①随筆。自由な形式で書かれた、思索性をもつ散文。②試論。小論。」

ここでなにより注目しなければならないのは、「思索性」の問題である。「自由な形式」はいいような気がする。「散文」もいいだろう。どちらも条件を満たしていると自分では考える。だとしたら「思索性」だ。私は「思索」していただろうか。いや、たしかに「思索」してはいたが、その質が問題で、たとえば、本書のなかの、「馬の映画」についての思索に意味があったかどうかは疑わしい。しかも、馬の映画は数多いが、牛の映画がないことについて考え、それがなんになるかわからない。これは「エッセー」ではないのかもしれない。

だが、きっぱり言わせてもらいたいのは、「牛の映画」は大事だということだ。

むしろ、なにより「牛の映画」が必要だと書いてもいい。人間ドラマより、牛ドラマだ。人間讃歌より、牛讃歌だ。散歩より、牛歩だ。とてつもなく遅い。ばかと思われるほど遠回りだ。いや、そうではなかった。いまはエッセーのことを話している。ときとして話は逸脱する。まったく異なる場所に行ってしまう。なにを書いていたのか自分でもよくわからなくなる。

それでも私は、同じ話を繰り返しする。

ほんの少し形を変えて話している。だから、同じ話をじっと聞いてくれる人に感謝してやまない。我慢強く、こちらの話に耳を傾け、しかも話の腰を折るような言葉を途中で入れない。ただ聞いてくれる。喜んでくれる。ほんとうに感謝してやまない。だから正直な私の気持ちを書いておくなら、次のようにきっぱり記しておきたいと思う。

私もどうかしているが、あなたのほうもどうかしている。

最後に、編集を担当してくれた竹村優子さん、イラストの上路ナオコさんはじめ、本書が刊行されるにあたってさまざまに助けてくれた方たちに感謝の意を示したいと思う。読者にしたら、そんなことを書かれてもどうしたらいいかわからないかもしれないが、ま、すべては同じ話だからしょうがない。繰り返し同じ話をしている。やはりこれもまた、どこかに書いたことがある気がするが、竹村さんに初めてお会いしたのはもう十五年以上も前のことになり、ごく一般向けの経済誌にいらした竹村さんに連載を依頼され、経済誌だし、なにか面白いのではないか、以前から読みたかったしと、マルクスの『資本論』を読んで文章を書くという、いま考えれば無謀な連載を始めたのが、二〇〇〇年の秋で、そこから、いろいろとあり、だからあれです、なんかあれがあって、で、つまり……いや……それはいいか……そんなことを話してもしょうがないか……というか……その話はやっぱりあれだ……長くなるのでまたにする、というやつだ。

二〇一五年二月　宮沢章夫

解説——バカバカしさと知的探求の融合

トミヤマユキコ

とある女子高生の家庭教師をやっていたとき、国語がちょっと苦手だというので「じゃあ、教科書なんてやめちゃって、宮沢章夫さんのエッセイを読もっか！」と言ったら、「誰それ？」という顔はしていたけど、了承してくれた。なぜ宮沢さんのエッセイなのかというと、それはもう、単純におもしろいからである。

わたしとしては、毎週2〜3編ずつを読みながら、国語（とくに現代文）に対する苦手意識をなくしてもらうつもりだったのだが、翌週には「もう全部読んじゃった」と言うではないか。こっちが思っていた以上に展開が早い。そうこうしているうちにほかの宮沢作品集も買い集めだして、こちらから頼まなくてもお気に入りのエピソードについて解説してくれるようになった。「牛の話がやたら出てくるの、おかしいよね〜」とか言いながら、２冊目を読み終えた頃、彼女は指定校推薦をゲットして、大学へ進学。わたしはめでたく御役ご免となった。

国語の成績が劇的に上がったかというと、そんなこともないのだが（ゆるやかな右肩上がりだった）、読み物に対する受け身の姿勢が消え、文章を読んであれこれ考えをめぐらせるのがすごく上手になった。あと、文章の中から「教員好みの正解」を探しだすよりも、「自分なりの正解」を探しだし、他人に説明する、つまり自分から発信したり説得したりする方が楽しいという感覚を摑《つか》んだようだった。先生としては大満足だ。国語の狭い枠を超え、テクスト全般と向き合えるようになったのだから。時は流れ、すでにアラサーとなったその子のＳＮＳを見ていても、その効果が持続していると感じる。最近はどうやらヒエログリフにハマっているらしく、「人と同じものを無理して『可愛い』と言わなくていい人生って、本当に楽」と書いていた。世間の考える可愛い＝正解なんてどうでもいいと言いたいのだろう。常識なんて知るかよ。好きなものを好きだと言わせろ。ヒエログリフ、超かわいい。なんというか、パンクである。思春記に宮沢さんのエッセイを読んだ女子高生が、気づけばパンクなヒエログリフ好きに成長していた。この点に関しても先生は大満足だ。宮沢さんに感謝したい。

しかし、だからといって、彼のエッセイが教育的かというと、べつにそんなことはない。少なくとも教育熱心な親が見たら「なんでこんなもんを国語の教科書代わりに使うんだ」と怒るだろう。わたしもクビになっては困るから、宮沢さんのエッセイを使っていることはしばらく内緒にしていたくらいだ（ごめんなさい）。すでに本書をお読みになった方ならわかると思うが、彼は、自分の家に王貞治やユリ・ゲラーが居候していると想像したら、急にめんどくさくなってしまって「居候はだめだ」と結論づけるような人物である。王貞治は早起きで、いまでも素振りをし、食卓では打撃理論を語ってくれるとか、ユリ・ゲラーは家中のスプーンを曲げるとか。なんなんだその想像力の方向性は。おもしろいけどでたらめじゃないか。そうツッコミを入れながらも、それを上回る勢いで、王貞治やユリ・ゲラーとの生活を詳細に妄想し始めている自分に気づく。うちには「女に生まれ変わったら王貞治と付き合いたい」と語る野球バカ（夫）がいるので、居候なんかされたら大変だ。毎晩遅くまで話し込むだろう。うるさくて寝られやしないだろう。

バカバカしいなと思いながらも、ついついめくるめく妄想に引き込まれてゆくこの感じは、まるで白昼夢。目は活字を追っているが、頭の中は妙なイメージで大渋滞だ。それと気づかぬうちに現実／非現実のボーダーが消失するのが、ふわふわと心地よく、しかし、ちょっぴり不気味でもある。この心地よさと不気味さのバランスを、わたしはすごくおもしろいと感じる。そう感じるからクビの危険を冒してでも国語の教科書代わりにする。その結果、牛とかヒエログリフをおもしろがる女子が生まれる。好循環だ。はっきり言って、教育的かどうかはどうでもいい。社会的に好循環であること、それが大事だ。

『長くなるのでまたにする。』は、宮沢さんのエッセイ集のなかでもとりわけ社会的な好循環を生み出すであろう一冊だ。各章は「1章、2章、3章……」ではなく「ルート1、ルート2、ルート3……」となっていて、読者は基本的にこのルートに沿って読み進めることになる。宮沢さんが、観光ガイドよろしくわれわれを導いてくれる格好だ。

しかし、そのルートがどうも怪しい。たとえば「ルート18」では、最初に「高校球児の帽子のツバは曲げ過ぎだ」という話から始まって、終わらないスイカ割りの旅に出た男の話（その名も『西瓜割彷徨記』）になり、最後はなぜか自宅の書棚にあった本『使ってみたい武士の日本語』の話で終わる。スタートは甲子園だったのに、最終的に辿《たど》り着いたのは日光江戸村、みたいな感じだ。そして「ルート28」は、「宮沢さんの家の近くの、前にお話しした、めんきやしま、というらどん屋さんは混んでいます。」から始まる奇っ怪なメールの差出人「サイトウ君」の紹介をした後、「これからお葬式を準備される方のために」と題されたアンケートに答えると五千円がもらえるのはどういうわけなのかについて熱く語り、締めに、

「夏のストーブ」という自作の詩を載せている。甲子園から日光江戸村に連れていかれるよりも、さらにわけがわからない。サイトウ君で始まって、最後が詩。全部で32あるルートを、こんな風に設定できるのは、世界中で宮沢さんしかいない。

われわれは一体どこへ向かっているのか。読者はまるでミステリーツアーのように、あちらこちらへ連れ回される。不安だ。しかし、「このツアーのテーマってなんなんですかね?」などと聞こうものなら「長くなるのでまたにする」といなされてしまうだろう。しかし、それでいい。宮沢さんについては「いなされ待ち」みたいな気持ちがなくはないのだから。彼にだったら、いなされたい、煙に巻かれてみたい。わけのわからないツアーに連れていかれ、知らない土地に置き去りにされたい。だってそこには、わたしたちが独力では決して見ることのできない風景が広がっているだろうから。

ちなみに、わたしはいま早稲田大学で助教をしていて(助教授じゃなくて助教という謎のポジションがあるのです)、宮沢さんも早稲田の教授をしている。そのため、学内でお見かけすることがあるのだが、なんか、いつも猫背だし疲れている。足を怪我して車椅子で来ていた時期もあった。「こんにちは」の前に「大丈夫ですか?」「寝てますか?」と聞きたくなることが多い。実際に聞いたこともある。そしたらやっぱり寝てないと言っていた。本書にもある通り、この人は本当に睡眠を苦手としている。

そんな宮沢さんが、印刷室で授業用のレジュメを刷り出すのを見たことがある。宮沢さんの授業は超人気だから、レジュメの量もハンパじゃない。一番でかい教室だと、370人くらいが履修して、モグリもいるだろうから、最低400枚は刷らないといけない。わたしは心の中で「400枚か、けっこう重いよな」と同情した。しかしチラッとレジュメを見たら、重さのことはどうでもよくなった……レジュメの出来がどう考えても良すぎるのである。A3用紙が小さな文字でみっちみちに埋まっており、しかも壁新聞的なレイアウトが施されている。すぐ隣で適当に切って貼っただけのレジュメを印刷していたわたしは、恥ずかしさで死にそうになった。

これは断言してもいいが、『長くなるのでまたにする。』とか書いちゃう人は、レジュメなんかよれよれの手書き文字でも大丈夫なのである。学生だって「味がある」と褒めるに決まっている。なんならレジュメなんてなくてもいいのでは。毎週のっそり現れて『使ってみたい武士の日本語』の話をするだけでも、みんな喜ぶに違いない。でも宮沢さんはそれをしない。美しいレイアウトが施された情報ギッシリのレジュメを携え、眠そうな顔をして教室へと向かうのだ。

わたしはそこに、宮沢章夫という表現者の狂気を見る。ユルいようでキツく、でたらめなようでいて生真面目で、カリスマティックなのに偉そうじゃない。どんな人間の中にもカオスはあると思うが、それにしたってカオスすぎるのが宮沢さんだ。このことは、宮沢さんのファンからしたら「それがあの人のデフォルトでしょ！」でおしまいかも知れないが、大学空間にこういう人がいるのは、はっきりいって奇跡に近い。外の世界でどれだけクリエイティブな仕事をしている人でも、ひとたび大学の先生となり、学生の仰ぎ見るような尊敬の眼差しを前にすると、それに酔いしれ、承認欲求を満たすことしか考えられなくなっていくパターンが、ままあるのだ。そうなると、当たり前だが人間がうすっぺらくなる。学生も「褒めておけばいいんだ、このおじさんは」と舐めてかかるようになる。そうして水面下で教育が死んでいく。切ないが、本当によくある話だ。

しかし、圧倒的カオスである宮沢さんの前では、そうもいくまい。寝ないであんなレジュメを作る人を前にしてしまったら、学生だって、刮目《かつもく》し、耳を澄ませてこの人の変幻自在な言葉のありようを捉えていくしかない。なんか猫背で眠そうだし、夏場はTシャツだるだるのことも多いけど、教育が生きている。彼の授業に出られる学生が羨《うらや》ましいし、わたしもいつの日かそんな先生になりたい。

……と、まあ、そんな宮沢さんのことも想像しながら本書を読んでもらうと、『長くなるのでまたにする。』というタイトルも、至極教育的に見えてくるから不思議だ。結論を出さないでたらめさは、どこかで、結論を急がず粘り強く考える教育・研究と繫《つな》がっている。バカバカしいと笑いながら読むことと、知的探求が無理なく融合する瞬間。本書にはそれがある。どえらいことである。

――早稲田大学助教・ライター

この作品は二〇一五年三月小社より刊行されたものです。

長《なが》くなるのでまたにする。

宮沢章夫《みやざわあきお》

平成29年12月10日　初版発行
令和5年1月25日　2版発行

発行人——石原正康
編集人——高部真人
発行所——株式会社幻冬舎
〒151-0051東京都渋谷区千駄ヶ谷4-9-7
電話　03(5411)6222(営業)
　　　03(5411)6211(編集)
公式HP　https://www.gentosha.co.jp/
印刷・製本—中央精版印刷株式会社
装丁者——高橋雅之

幻冬舎文庫

ISBN978-4-344-42682-5　C0195　み-15-2